林思彤　詩集

序：不斷啓動的風流／喜菡（喜菡文學網站長、詩人、作家）

認識思彤，恍惚二十年，見她由青澀年少到如今的豐腴，在她生命中經歷過的坎坷，我也略知，也了然於心的。雖然，她並非諸事細數，但，就一句「文學母親」，該懂得，我都懂了。

願儂此日生雙翼，隨花飛到天盡頭。天盡頭！何處有香坵？未若錦囊收艷骨，一抔淨土掩風流；質本潔來還潔去，強於汙淖陷渠溝。爾今死去儂收葬，未卜儂身何日喪？儂今葬花人笑痴，他年葬儂知是誰？〈林黛玉葬花詞〉

古有纖纖如柳的林黛玉葬花自憐，而今世的林思彤又是一身怎樣風流的艷骨？

詩集分五輯，雖各有所偏，卻不脫一個「情」字。輯一〈艷骨，與畫皮〉，除了自身家庭，還有零碎的情感陳述；輯二〈抵制春天〉，是社會時事和現象觀察之詩作；輯三〈慕光之臣〉，是給「愛人們」的情詩；雙魚座的浪漫多情人盡皆知，而輯四〈帶著毛邊的細雨〉卻意外的專給一人；至於輯五〈罪惡之城蓋美拉〉的暴力書寫，的確令人瞠目結舌。由五年級的陳克華開始，這樣的題材大抵發自男生，七年級女生寫，林思彤該是第一人。

影子是策蘭，影子也是我

輯一〈艷骨，與畫皮〉，有骨有皮，無骨，皮又焉附之？思彤長了一身哀艷，美艷的骨頭，艷麗的外表下，卻窩藏著一顆哀傷的心，一副哀慇的骨骸。整本詩集第一首〈影子的畫像—致保羅‧策蘭〉，爲全本詩集脊梁，向策蘭致敬，何嘗不是自憐自況，向自己致敬？影子是保羅‧策蘭；保羅‧策蘭也是自己。身與影如同一體。策蘭詩集早期雖乏人問津，甚至打成紙漿，然而不可否認，他在里爾克之後的德語詩壇地位卻不容忽視。生爲猶太人，父母死於納粹集中營，反對納粹是一生堅持的理念。因爲這樣的堅持，正與思彤追逐情愛的勇氣如出一轍。兩人都是被削去名字的倖存者，所以愛讓花朵心甘情願地張開自己。同樣的甘心情願，同樣的將愛一絲不漏地收進影子的畫像。而「影子和名字難道／只能投射在未出版的詩集扉頁裡／你的人生碎了，我只好完整。」你雖破碎，我承繼了你的堅持，我正好完整。

痛，來自靈魂

詩集的內涵決定於詩人本身，如果說這是一本充滿傷痛的詩集實不爲過。思彤不避諱向人裸露傷口，一再重複的「痛」，是悶在骨子裡的哀嚎，死亡前的悲鳴。有人說，策蘭的痛藏得很深，而思彤的痛卻不藏。「保有自己。不用刻意遺失感覺／只為了躲避疼痛，或者武裝」〈再一次〉、「我的子宮，從未感受過生之喜悅／卻要容納我生之痛苦」、「疾病和疼痛都是沉默的抗議／抗議我從未善待過自己」〈向我的身體道歉——讀詩人李以亮同題詩有感而作〉、「以疼痛進行無聲卻激烈的抗議／原來扭曲是這麼一回事。」〈原名爲崖邊的長鏡頭〉、「某個凌晨我想割破左臉／深深的傷口能釋放靈魂的疼痛」〈某個凌晨……〉，全本詩集出現三十三個「痛」，雖然痛點不同，相同的是，兩人的痛皆來自靈魂對

外界對命運的抗議。

柔軟的針

　　思彤用情至深，對人對事皆是。誠如〈生日爲之一種安魂〉中的「我認得那是黑色的絲絨／伸手撫摸才知道柔軟和溫暖」思彤的個性如絲絨般柔軟與溫暖，她會體解身邊人情感的需要，在適當的時候給予擁抱與包納。然而，這樣的個性，卻也讓她經常處在全力給予之後落空的難堪境地。這些難堪，思彤卻拿來懲罰自己，糾纏自己。走路的時候對抗自己，連失去了，也要告訴自己，至少我擁有自由。然而，那是一種不得不的假面釋懷，直到站在鏡子前，看到全面的眞正的自己，才知道來到人間只是修行，甚至暗自嘶吼下次不要再來人間。其中的〈後來沒有了。〉：「後來沒有了。一根針躺在腳邊／陽光一照轉身就成了銀色的蛛絲／我們都沒有說話，相對坐成繡屏／那根針就是勾勒我們的工筆／一針針繡完彼此，卻不再是彼此。」「後來沒有了。沒有傷害與被傷害的。／將自己縮成細針，同時留意／不要刺傷人，留意可以坐下的椅子／像針插。」愛情中的磨難，往往使自己也使對方受傷，一針針繡，一寸寸呵護，然後沒有了。最終要放手，也不要刺傷人，這是愛情該有的胸襟氣度。思彤是一根柔軟的針，在愛情中勇於彎曲，只爲了保護。思彤寫自身，也寫天下有情人的樣貌。

愛的姿態

　　輯三〈慕光之臣〉，是給諸多生命中重要的「愛人們」。其中筆者忝有兩首，而寫給愛貓的，寫給前任愛人的也有。然而，筆者依然最熱衷於賞讀思彤愛情中的各種姿態。如愛情中的小小怨怒：〈月亮上的男人〉「他將自己高高抬起，卻忍心讓我低到塵埃裡／讓我活在塵世中，像一粒珍珠／磨損得失了光澤的珍

珠。」；至於，愛失去了，療傷時的自我覺悟與控訴：「午夜讀信，指腹摩娑字跡／多年後，沒預料還會疼痛／像筆割傷紙，文字割傷眼神／身體割傷靈魂；你割傷我」〈午夜讀信──寫在多年後〉、「不再做一個撒嬌賴抱的好女人／只和自己的雙人床，地老天荒」〈獨身女子的雙人床〉、「而絕情；而深情；而無法忘情／曾深深深深徹底痛過／骨皮血肉絲毫不賸地痛」〈徒留一截赤尾銜環〉，愛的決裂後聲聲嘶吼，是如此令人心碎。對於一個敢愛敢恨的女子，思彤呈現的勇敢，反而更令人識知其心中最軟弱的那一塊。其中〈留一半給你〉一詩，看似對愛人深致的冀求，卻也是對自我在愛情的期許。無論是留「半盞燈」、「半首歌」、「半首詩」、「半個身體」給你，其實都不完整，然而，思彤就是一個矛盾不完整的人，連刺青也只留在左邊，左邊是那個不純粹的自我；而右邊卻尊貴的屬於純粹的聖母。她用盡心力，求一個懂我的你，這是多美多痛的祈禱及仰望？真的希望這樣的思彤終能如願。

你是我的終點嗎？

終於，輯四的主角出現了。這位優秀的男詩人，彷彿是思彤生命中的聖母和光亮，更潛移默化轉變了思彤的詩風格。思彤近年的詩明顯的句子加長了，文字淺顯了。內涵更有骨肉，境界更爲寬闊。輯四的情詩，可以看見他屬於海，屬於藍色，但是愛海的思彤卻不顧一切向海奔去，即使明知海是不安定的，會吞噬人的。這樣的走近雖然甜蜜，卻也充滿冒險充滿刺激，想問的是，這眞的是思彤妳要的嗎？

輯四第一首〈中年的惡獸〉：「你是我中年的洪水，和猛獸／可是我，既沒有辦法／避開你，也求助無門」你是中年的惡獸，我對你無法抗拒。起始已明確表達你在我生命中的魅惑。這樣的起始，讀來心驚。對於思彤即將走向的男子，說

真的也存在悲觀，因為這名惡獸終將撕裂她於無形；接下來的〈冬季，台北的雨來看你〉：「雨被你放肆地穿越，絕對的占有／雨被你揉碎，徹底融進身體／雨聲聲地呼喚著你，便是呼喚自己／雨滴轉品成淚滴，為了成為你的血滴」是怎樣的雨會化為淚再化為血？多麼沉重的愛情負荷啊；而〈在燈下……〉：「可以溫柔地將水碧剔透的果子／放進她的菱角嘴，像將她／高聳滑膩的胸脯貪婪地含進嘴裡／此刻，乳房就是酒杯」情人之間細微的互動與調情，旖旎美妙，羨煞多少人；「可以逗弄，發出獨角獸的嘶鳴／搗住嘴，閉上眼，讓桃花／開滿豐腴而皙白的沃土／讓該死的春天癲狂地盛開／絕望地尖叫撕裂桃花瓣／從彼到此，從高到低，又從低走高／最後鋪滿十里桃花，連春天／都自嘆不如的她，在燈下／倏然翻身，又輾壓了一次春天」由調情到床笫之間的翻身輾壓，如在眼前，不禁令人臉紅心跳；然而美好的春天短暫，接下來卻是長夜漫漫，無盡的等待。兩地的相思，如刀拆解每個輾轉的夜。「我是你一人專寵的小憐／攤破江山的風騷，勾引你／今夜，讀我好嗎？」〈展讀一夜春秋〉；「她開車走了，至於海邊的小屋，最後剩下誰／她不知道也不在意。她只知道她會在晚年／坐在晚年的搖椅上，午後，再夢一次這個夢／而當日看見便是一生之見。」〈晝寢〉；「彷彿不曾發生過。有情人拋擲自己／等待一顆石頭落入井底的回聲／已經這麼久，卻不曾到底。」〈縱使相逢應不識〉。愛情中的酸甜苦辣，思彤想必都了然於心。而愛情靠岸了嗎？到底還要多少心思折損，才能讓愛情住進香閨？這些對愛的深深呼喚，他聽到了嗎？

屬於「女帝」的暴力

　　至於輯五〈罪惡之城蓋美拉〉，是屬於女性的暴力書寫。這是思彤的野心。蓋美拉最早出現在希臘神話中，是擁有獅頭、羊身、巨蛇尾巴，口吐火焰的合成獸。思彤自比為蓋美拉，以十五節敘事小說方式書寫一個假想的獸。如實羅列

出蓋美拉的成長史與心境。遣字造境因爲不造作，如同觀看殘暴血腥影片般。不得不說兒童不宜。這一輯，就讓文字自己陳述吧！

因爲原生家庭，認識的思形總是在療傷。因爲源自同一道傷口，傷口結痂後，又被狠狠撕裂，生命的堅韌是在一再的修補與療癒中成就，宛如鳳凰浴火，期待火焚後的輝煌艷麗。期待思形一身艷骨落盡之後，再次重生。風流不斷，不斷風流。

至今我還記得在朋友圈第一次讀到林思彤詩歌的那個夜晚。夜已深，讀其作品後，渾如洗了一個冷水澡，頓時睡意全無不說，正如在我的精神生活中屢次發生的那樣，立刻發生了認識作者的興趣，因為她顯然具有我看重的一個寫作者不可或缺的兩個方面的特點：才華和修養。

我總說，鼓勵一個沒有才華的人從事寫作是一件不道德的事，通常我們叫「害人」。才華是寫作行為本身的要求所決定的。才華所指為何？理解也許因人而異。在我看來，首先是一種個體的氣質，它具有一種撲面而來的直接性，讓人無須費力就能感覺到其獨特性，那個「個我」的不可複製性，就像一個人本身的神情、神采，很難被概念把握，被分析被肢解，卻又是那麼鮮明地令人印象深刻，形如一個人的精神指紋。氣質在詩人身上並不是通常所謂詩人氣——「詩人氣」恰恰是我非常警惕的，因為太容易偽裝，直至流於做作——氣質卻是天賦的第一個條件。氣質之外，就該說到感受力、敏感性、想像力以及語言才能了，它們實際上與氣質有著或近或遠的聯繫。這些大抵就是我理解的才華所在了。在不同評論者的眼裡，它們或許佔有不同的地位，具有不同的重要性。事實上它們出現在不同詩人身上，比例也不盡相同。在我看

來，所有這些林思彤都不缺乏，這讓我對她非常有信心。

我又是如何一開始就斷定，作為詩人，林思彤同時也極具我所說的修養的呢？老實說，我並沒有去瞭解她的履歷，我從不看重那些或置於前或附於尾的「作者簡介」，我也不相信那些東西。我的判斷僅來自於我對她詩歌文本的仔細閱讀（包括她的處女詩集《茉萸結》）。這並不是一個橫空出世的人（自然，她也沒有自詡天才的姿態，否則鄙人大概也只能敬而遠之），換句話，我覺得這是一個有「來歷」的詩人。依我對近一個世紀的臺灣現代詩歌的歷史的瞭解，特別是對群星璀璨、大師雲集的臺灣前輩詩人的閱讀，我相信林思彤受惠於他們者甚多。我知道，年輕詩人（尤其在我比較瞭解的大陸）因反叛或斷裂而成名者不少——要不要反叛？當然需要，但要看是在什麼時候、是在哪些方面反叛；切斷與歷史存在的一切聯繫，似乎開天闢地，忽然從哪個石頭縫裡蹦出來的，這樣的詩人（及其「創造」），我是存疑的。我很理解在「影響的焦慮」下各路諸侯們的種種叛逆之舉，但是，我想，即便是射擊，最好先得練好準頭、找準目標。

我所說的才華與修養，證之於古人之論，其實是對「才、學、膽、識」一個最簡化的合併：「才、膽」可歸之於天賦項，「學、識」可歸之於後天項。天賦的才華，加上後天的修養，正是一個詩人起步並越走越遠的條件。

在我看來，林思彤詩歌最明顯的特徵是堅持了詩歌的抒情性。在大陸，「抒情是詩歌的本質」這一說法曾經彌漫了很長一段時間，現在倒是不怎麼有人提了；從「本質」到冷落得似乎無人提起，這是頗堪玩味的。我也不曾相信過這個「本質」之說，但也不妨礙我始終認為抒情至少是詩歌的一個重要功能。我們知道，在浪漫主義詩人那裡，詩歌所表達的激情的大和小，與偉大詩歌和渺小詩歌有著直接的對應關係。即便從修辭傳統來看，這也是大成問題的；不過，認

爲激情爲偉大詩歌所必須，則無疑是極富見地的詩觀。這可能直接導致了華茲華斯（William Wordsworth）將詩歌定義爲「強烈情感的自然流露」。據我研究，華茲華斯也不是簡單地強調抒情性；作爲詩人，他的作品給人的感受也並不以情感強烈著稱。這是爲什麼？因爲華茲華斯其實早就意識到，詩歌喚起的激情只能接近主體眞實經歷過的激情。更重要的是，華茲華斯還強調詩人必須「長久地沉思」，「情感的流露需要受到思想的改造與指引」。所以，我更贊同華茲華斯對詩歌所下的另一個更精確的定義：「詩歌是寧靜中回憶起來的情感」。試想，回憶如一道裝置，情感經由它的沉澱與過濾，然後被喚醒，必然更適於詩歌的表現。無論是從時間還是空間拉開的距離，對情感的冷處理作用在現代詩人那裡，越來越成爲區別於浪漫主義詩歌的標誌。有人偏執地從現代詩歌裡放逐情感的意義，我認爲是不適當的。如果不說是作繭自縛，起碼是一個陣地巨大的失守。現代詩人對情感的把握，只是採取了不同的形式。自波特萊爾、馬拉美、布勒東、龐德等人之後，詩歌發展出象徵主義、超現實主義、意象主義等等，顯露、直白的抒情逐漸成爲「過時」與「無效」的代名詞，所謂「象徵的森林」、「說出是破壞」，現代詩歌更多代之以「冷抒情」和「暗示」。我想，在林思彤身上，這些詩人及其主張未必都是直接發生影響的，可以肯定通過洛夫、瘂弦、楊牧諸前輩的作品一定會發揮作用。這就是詩歌的傳承，亦卽我所謂個人的修養之所在。

　　林思彤的抒情詩不只是抒情，在她那些表現優異的佳構中，抒情正是與沉思完美結合在一起的，這也就是我曾經一再提及並讚美的，其詩作裡一直有一個含而不露的內核存在。我讀過不少女性詩人的作品；我發現她們多數都長於感覺、感性，但是往往缺少那個堅實的內核，因而使得她們的作品或多或少缺乏了一些力量。林思彤的抒情詩是富於包孕的，是內斂而克制的（也許有必要更克制一點）；她的抒情詩是有情感濃度的，有別於那些過於「卽興」的、情感被稀釋（或者本來就不飽和）、表達更趨於口語化的「氣短之作」。她並不回避直抒

胸臆，如果「直接性」是爲了「一擊而中」且切中要點。她極擅長的是內心獨白體的、對「寧靜中回憶起來的情感」的抒發，這或許使得她的情感表現似乎顯得有些疏離，卻能在仔細的體察中顯出更大的爆發力。林思彤深得抒情詩寫作的「三昧」：質地濃烈而不事張揚；直接而意味綿長；或冷峻或憂鬱的獨白常常蘊含更豐富詩意。我說，她的詩歌抒情是有彈著點和後座力的，其「外冷內熱」的風格也是「挑讀者」的——也許不是所有人，都能欣賞和習慣她這樣的方式。但一個優秀的詩人只能選擇忠於自己的氣質與風格。

整體來看，林思彤詩歌的「個人性」（privateness）很強。坦率地說，我覺得這有利有弊。很顯然，注重個人生命體驗的表達，這是好的，有利於開掘深度、體現個人的特色，在這方面，林思彤幾乎做到了極致。她對生命情感與經驗裡種種灰暗地帶的開掘探索，無論是對形而上「無家可歸感」的表達，還是對孤獨、絕望、受挫、懷疑之類的刻畫，富有存在主義意義上的深度，指向一種極爲清醒的殘酷性。在表現「存在的勇氣」上，「個人性」所帶來的，顯然是說服力的增強，換句話，若不是通過如此個人化的視角以及極爲獨特的體驗的直呈，直面存在的勇氣便難以令人信服，其真實性至少會大打折扣。我要說到的弊，則不是體現於具體的詩作，而是就詩人的寫作面而言。雖然林思彤的詩歌寫作已經具有了上文未及充分展開論述的深度，不避諱言的是，在題材的廣度，在突破「個我」的限制與拘囿方面，作者還有欠缺。在這裡我能想到的建議是，詩人尚需更多地目光朝外，在「個我」與「他我」、在現實和歷史、在存在與夢想之間，進行更多更必要的探索，力圖開拓出一個寫作上更廣闊的前景。

我也看到了林思彤在多種詩歌方法上的實驗，這無疑是她努力尋求創新突破的證明。技進於道，值得肯定。不破不立，我寧可林思彤膽子再大一點。朝氣永遠勝於暮；永遠不要染上暮氣。或許，我也是矛盾的：一方面勸她克制一

點（在語言與技法上），一方面又提議她束縛要少一點（在文化與精神上）。我說妳繼承得太多啦！大師是不可超越的，但是到達山頂的路不止一條，我們大可不必生活在諸大師的影子下──以布羅茨基（Joseph Brodsky）的話說，我寧可妳「取悅一個影子」；而取悅的方式不完全是取法於他、效忠於他，某種程度上「背叛」他、區別於他，這都不是不可以的。我不知道林思彤是否能體會到我的「苦心孤詣」。畢竟，無論在生活的路上，還是寫作的路上，我們永遠都得一往無前。自稱「中年」（？）的林思彤，打起精神、不要氣餒，送給妳我所尊崇的詩人昌耀先生的一句詩──「前面還有好流水」！

　　時間匆促，言不盡意，如有不當，請多雅涵。

　　是為序。

序：陰性強悍爲誰虐？／吳懷晨（詩人、臺北藝術大學教授）

　　林思彤最新詩集《艷骨》共分五輯，第五輯題名〈罪惡之城蓋美拉〉，由十五首短詩架構而成的一組詩組。無疑，〈罪惡之城蓋美拉〉是《艷骨》中最妖蠱的作品。

　　蓋美拉 (Chimera)，希臘神話中最早現身的雌性合體怪物：獅頭、羊身、巨蛇尾，口吐火焰可摧毀萬物。蓋美拉之城，按定義，有其既定的律法與治理邏輯；她的土壤如「海綿吸吮墮胎的汙血」，是人血浸漬而成；在蓋美拉，慾望，是惟一的法律，是「所有罪犯最後的歸宿」。詩人妖嬈的文字曲褶出虛空的淵藪；亮相了徹底變態又恐怖的殘酷劇場，強大的暴力美學於舞台上日夜運行著。

　　這組詩既乖張又異質；在過往現代詩的書寫中，固然可見血腥施虐或魑魅魍魎的詩作，但從未見過如此挑釁的陰性書寫；〈罪惡之城蓋美拉〉的女性強悍可謂異數開風氣之先。

　　在〈罪惡之城蓋美拉〉，最大的罪惡有二：性與死亡。蓋美拉的性事是這樣的：可隨街交媾不認識的陌生人；男人恣意「留下精液／在陌生人的子宮或肛門」；而女子裸露下體，陰道才是她惟一的臉。另外，於死亡禁忌上，此城則充斥弒父弒母的逆倫，連續殺

人犯的事蹟;「求死者皆前往蓋美拉」,就算屍體,也要絞碎作為土壤的肥料。

大力張揚著性與死亡,二者就回應了情色論大師薩德與巴塔耶的哲學命題。薩德的離經叛道是眾所皆知了,他歌頌著戰爭與謀殺,稱戰爭為萬物之母;而謀殺,就如瘟疫一般是必須的。只因薩德認為,天地運行的法則中,毀壞是自然的。毀壞是一切的根本;毀壞後,大地星球才能獲得養分得以存活。缺乏兩者,宇宙萬有都不會快樂。薩德這樣說:「為了服侍自然,必須要有更全面地破壞……,比我們所能夠做得更完全的破壞;那就是殘暴,那就是它想要的無盡的罪惡。」

蓋美拉之城不僅符合薩德的創生主義,的確也回應著於禁忌與犯戒(犯賤)之際,薩德以降至巴塔耶的情色邏輯,不只是「激情向著實在界」(passion for the Real),還可以「為放盪設下界限……放大和增加一個人的慾望最好的方法,就是試著去限制它們」,越是設限,誘惑越是迷人。除此之外,林思彤更開發出漸強迴返自我增生的蓋美拉。如,

　　它吞下汙泥,羞辱,怨恨
　　以及報復的惡之華
　　它自行交媾,抽插全新的自我
　　精血屎尿灌頂,催生蓋美拉

　　又或如:

　　永劫回歸的試煉
　　這條莫里梅斯環不長,卻足以
　　絞殺生命的恐懼和喜悅

　　短短幾行詩句，不僅讓波特萊爾、尼采、拉岡、巴塔耶的詞彙與思想輪番上陣(惡之華、糞便學 (scatology)、到最後性絞殺)，還交織出更奇妙匪夷的時間軸線(試想，尼采永劫回歸的宇宙生命觀如何曲折為莫里梅斯環的模態？)，精彩至極。

　　以逾越／越度死亡與性禁忌為法則的領土，表面上，按陽性父權的薩德哲學運行，但蓋美拉之城似乎更是以陰性為度的王國。蓋美拉的最高人物，非天上神祇，而是思形筆下的女帝，「女帝，妳是蓋美拉的／新秩序，是接管的黑色／身影」，「在蓋美拉，她釋放／全然的惡」。更甚，蓋美拉還是女體的無何有之鄉，一具充斥著政治神學的力比多身體。蓋美拉既是城，是異托邦，也是女帝自身。女帝的肉身幻化出一匹魔幻的合成獸(也就回應了希臘神話中那頭怪物)，這匹合成獸，「喝下多少血液／就能換回多少青春」。

　　然則，〈罪惡之城蓋美拉〉不斷重複性與死亡的展演，加劇著設戒與放蕩之間的張力(沒有任何事物可以征服暴力)。但，薩德最終說了：「這裏什麼都沒有。」正如思形自己所預知，不斷的越界之後，剩下缺憾的終究是疲乏。正如「所有的高潮都是徒勞／而所有插入的陽具都懼怕／閹割和疲軟」，在「蓋美拉，所有斷裂的敘事都是神話／都是徒勞的高潮，都是虛偽的」。

　　道德的無盡頹喪，慾望的無盡逾越後，最後的歸宿究竟為何？思形也不禁讓自己的小情愛傷口泄露其中(「所有必要的傷害都透過／夜裡的哭泣和自殘／完成救贖」，或「我恨透了／以淚洗面的日子」)。在俗世的平庸生活中，有多少人能橫空出世站立成薩德的超人漠然 (apathie)，或女帝式的強悍腰肢？人類該要懦弱才能是儒道或耶教的信徒嗎？這不僅是〈罪惡之城蓋美拉〉於無限驚人之語，傷口迴圈後所將遭遇的界限問題，也是薩德巴塔耶之流遠遠背離慾望邊界後所迴返席捲的自我質問。

輯一：

艷骨，

與畫皮

影子的畫像——致保羅・策蘭

月光來到床前懺悔。

像爲你點起彌撒的燭光
輕聲朗誦經文像朗誦我們
最在意的流離和死亡
唇語捻成絲線穿透時針
縫合玫瑰，繡上無人招領的註腳
從門檻到門檻，天使與惡魔的拉鋸
來不及告訴我如何換氣如何呼吸
繼續生存再繼續全然地相遇

畫布留白，剩下你自顧自的夢囈
：詩，是造就天使的素材……

滿手時間的意象
像戴上裝飾華麗的手套
無法脫離，進而變成皮膚
我們都是被削去名字的倖存者
在烽火交纏的場景中背誦
戲劇般的煽情對白
命運逼迫我們提早體會：愛

愛讓花朵心甘情願地張開自己
並且傾吐出風的線條，雨的曖昧
一絲不漏地收進影子的畫像
愛是過於龐大且傷痛的流亡；愛是
不斷交叉思辨卻又沒有答案的哲學問題
愛，是教人慢性自殺的藝術

今夜，我躬身致意
讓憂鬱將悲劇鏤刻得更深
讓我們在時間的莊園裡相遇
互訴彼此的幽暗和秘密
期待灰燼的風釆，與繆思的胎動
透過詩句的三稜鏡折射
你走上米拉波橋，向倒影告解
並吟唱詠嘆調的哀艷

：一切都回來了，以更征服的姿勢
　帶點靈魂的傷痕、海風的滄桑
　雖然苦艾的香味曾將我推往畫外及遠方
　但我仍舊記得影子的畫像
　是光線忠實地寫下睡眠時的殘影
　記錄我長期倦於腥紅色的搖擺，就像
　蛇吻和匕首都是誘人的美貌，我沒有
　我沒有發瘋，沒有厭世的浪漫
　妻子還在等我回家……

而一枚被樂譜惡意遺棄的音符
該如何自處或改變？才能夠
重新接納為和諧的天籟
鐘聲響起、天使的號角響起
是時候吹奏死亡賦格曲
讓我的嗓音圓滑地滾動遺言
最後一次登台的姿勢
轉折為你背影末端的敘事

當你再次站在塞納河畔
終於得到夕陽捎來的訊息
以兒時的方言書寫童年
能暫時忘記生活和現實對我們而言
只是從彼岸過渡到此岸的齟齬
令你手中的苦艾酒以及我眼前的
艾碧斯，替代為故鄉的冰酒

隨後將肉身置入每個大同小異的城市
等待打烊後的酒館拋售失去軀殼的靈魂
吧檯內外總是流轉著平凡無奇的履歷
斷裂的對話或構圖被陌生人的耳朵
拾起或竊取，影子和名字難道
只能投射在未出版的詩集扉頁裡
誰來告訴我是否該向命運妥協，而

你的人生碎了，我只好完整。

天涼了

天涼了，我們在燈下的影子
越來越淡。我想知道鬼魂
是不是也是這麼清淡的影子

在燈下，我們談論的名字
詞與物的位置，是不是
還散發著淡淡的香氣

好多好多事情，有些發生在身體
有些發生在眼睛，有些發生在慾念
與意念之間；替風景鍍上濾鏡

有些讓風中的花苞暫時存放
我們無法決定它是否綻開
而天涼了，一首詩應該

寫到盡頭。或不該被寫下來。
我的記憶也像影子，有時候那麼
輕；令我懷疑它是否真實飽滿

有時候那麼重，它掐緊我的咽喉
吻住我的嘴它要我窒息它要我交出呼吸
它要我噤聲不語它要我咬斷舌頭演極其纏綿的自己

天涼透了，我再不願意寫詩了。
我只想知道厚薄不均輕重不定的影子裡
到底有沒有我丟失的那些名字。

一整天

一整天只喝了一杯水
吃了顆半熟蛋，蛋黃流出的時候
想到一隻雞還沒出世就死了
走路的時候對抗糾纏已久的另一個自己
不慎扭傷了左腳踝，正好是五年前的舊傷
應該要有點痛，但幸好如今我已忘記
痛的感覺。想跟你說當年
我在肩胛和腳踝刺青時一點也不痛
我在殺了自己又救活自己的時候
也不痛，現在你來了，我更不會再感受到痛
一整天看了一堆垃圾稿件，再度質疑自己
爲何寫作，寫這些又能幹嘛呢，能改變什麼嗎
還是我妄想藉由寫作改變什麼呢，三十七歲
還那麼天眞，以爲自己十七歲，還想改變
然後我又不能自已，在鍵盤上彈奏出這些字句
像個歇斯底里的棄婦，辯證究竟是誰拋棄誰
一整天我終於抽完了這包菸，決定再維持三年不抽
我沒咳嗽，我還能唱一首宛轉的歌，又想起如果
我不再唱歌，不再寫作，那我還能幹嘛
反正人生有那麼多不值得活的，也不需要幹嘛
一整天我去郵局領了禮物，寫好訊息感謝送禮的朋友
出門前寫張明信片，順便投進紅色的郵筒寄給你

一整天遠方的朋友收到我的關懷，發幾條語音訊息叮嚀他

希望他健康快樂，希望他也能幸福，希望他那裡的冬天

因為我的關心而不那麼冷，生活可以不那麼讓他煩躁

想一想我擁有的那麼多；可是也那麼少；多得令我滿足

少得令我感到我已無可失去，只剩自由

一整天不同的訊息提醒和郵件輪流喧鬧，讓我想關機飛去另一個島

反正我幾年前是出了名的不接電話不回訊息一整天可以不說話

：妳在幹嘛呀／最近好嗎／還了一部分的款給妳啦查一下帳

：稿件收到了也祝妳好／新年快樂祝福妳的願望都能實現

：希望妳都好好的／妳的論文到底進度如何啦／做了個陶杯再寄給妳

一整天我不小心對同學說話冷淡，她說我毫無耐心陪伴她

其實啊我對自己也沒有耐心，更何況是妳

我最有耐心的事情應該就是寫作和養貓

但此時時刻，我的耐心似乎被偷走了

站在鏡子前告訴自己，來到人間就是修行，下次不要再來人間

一整天過去了，又一整天過去了；又一整天過去了

又一整天過去了。

我再不願卸下面紗
露出過於天眞的臉龐
再不願穿上高跟鞋和靴子
只想裸足踩在絲綢上
我再不願說話寫字
不和這個世界
解釋些什麼
再不願辨認人們話裡的含意
不願臆測人心或人性
再不願傾聽他們的祈禱
只想從面紗的空隙透氣
我再不願去冒險和愛
寧可夾死在窗縫或門縫
也不施捨憐憫的眼神
我再不願漫長的等待
只祈求乾脆的結束
我再不願轉世爲人
不願這世界增加負擔
不願人浮於世的每一天
都像坐牢
我犯了名爲希望的罪
卻不願被寬恕

我所不願的皆未發生
這是我唯一的刑罰

生日為之一種安魂

只有在純然的黑暗中
我才願意交出自己的臉
將一封信安放在抽屜
上面壓著一枚唇印
希望所有的語言
都能找到專屬的收件人

這一天我想安靜地過
不憑弔往日不憧憬來日
曾經活著像死去
曾經死絕又復活
所有掉落的頭髮
和吹滅的蠟燭都要回家
回無人知曉無人等待的家

我坐在沒有門的房裡
仔細撫摸身上的刺青和疤痕
聽見好多人經過的腳步聲
他們說愛我送來好多禮物
我回報栩栩如生且得體的微笑

每年的第五十四天，我都在尋找
一個爲何至此的原因
轉身側身讓路給鬼魂
我聽著那少女在黑暗中
唱歌的聲音
唱給還有盼望的未來
我知道那是自己
我認得那是尚未出生的自己
我認得那是黑色的絲絨
伸手撫摸才知道柔軟和溫暖

※ 寫於三十七歲生日，聽草東沒有派對〈山海〉有感。

生日為之一種回爐

這一年，我將
使用半生的姓名捨去
自願回爐，期望以嬰孩的純潔
面對這個世界。有時候
好多於壞，更多時候
不好也不壞的世界

這一次，終於肯承認
沒有能力改變世界
甚至命運都無法改變
繳了太多學費
只為明白自己的無能

這一年哪，流了太多眼淚
卻無法降溫，火宅中
一樹又一樹的桃花瘋長
卻始終沒有好果子喫
那麼炙熱，我在火中贖罪
回爐就是重煉，再受一身炮烙

生日爲之一種回爐
煎熬數年，我送給自己
一本學位論文
和手腕上的紅色分號
這就是人生的隱喻
每日寫了又刪，刪了又寫
仍舊是分號；沒有句點

生日，爲之一種回爐
一個人清清白白
如此甚好

再一次

如果可以，我願意再回到
生命中所有心碎的現場
這一次重新做出選擇
不再落荒而逃，小心翼翼
撿拾碎片，不畏懼割傷
這一次我要做個勇敢堅強的人

想回到每一個撕裂的傷口
將完整交給你，幸福留給他
重新接合敏感細膩的神經線
但願所有來到我身邊的人都能
保有自己。不用刻意遺失感覺
只為了躲避疼痛，或者武裝

我選擇回到每個冰凍的時刻
這一次我願意留下來生火
哪怕鑽木磨出厚繭，甚至穿透指掌
也要維持體溫，做一個溫暖的人
願意將心愛的毛衣拆開
織成幾件貼心的襯衣分給你們

「可以寬恕我嗎？」
「可以好好地凝視我嗎？」
「可以多一點耐心陪伴我嗎？」

這一次也好，再一次也罷
我真實的懺悔，無比的虔誠
我只想，懇求自己的寬恕和溫柔。

向我的身體道歉——讀詩人李以亮同題詩有感而作

我的眼睛，討喜的杏仁
我卻逼妳直視汙穢的真相
任憑角膜受損，常有黑色霧霾
將甜杏仁硬生生磨成苦楝

耳朵，被我穿了十五個洞
披掛著不屬於妳的裝飾
我擅自將對世界的恨意和執著
加諸上去，擁有三百對耳環

我的嘴唇，一副俏麗的模樣
我卻讓妳說出虛偽取巧的話
面臨壓迫時又因怯懦而沉默
不讓妳替靈魂發聲

我的乳房，被我視爲
大而不當的存在，厭棄妳們
帶來的沉重，隨世俗的眼神拘禁
不願妳們贏回自由

心臟是可憐的，我讓她承擔
所有的悲憤。但她卻從未抱怨
我的子宮，從未感受過生之喜悅
卻要容納我生之痛苦

我的靈魂和身體，是我
拆散了妳們獨立而無感的活著
疾病和疼痛都是沉默的抗議
抗議我從未善待過自己

金針

隨著它的侵入
妳細細數算逐漸淪陷的
：風池、大椎、肩井、膏肓……
金針刺探皮下
究竟是眼前的白衣男子窺伺了妳
還是氣流的停滯和淤堵
洩漏了妳

痠軟、刺麻、鼓脹、沉重
妳開始數算這些年
在水底，憑著一根根
漂浮的金針辨識來人的樣貌
魚的皮膚進化，視覺退化
妳習慣不再眼見為憑
卻長出一身鎧甲
將所有軟的細的都塞進心腹

一根根細長的金針
鉤住妳的嘴唇
妳不得不吐實那些不為人知的
究竟是因為堅硬，所以受傷
還是因為受傷，所以堅硬
夏日午後
水面金針晃閃
妳卻驚出了一身汗

在高鐵站

一個裝滿心事的行李箱
被某人的天使故意遺落在月台
一枚鈕扣靜靜躺在錯亂的時空
彷彿不曾被愛神的手
極盡纏綿的扯下

擦身而過的人那麼多，有的
死去多年，徒留冰冷空洞的眼神
趕著搭上列車，深怕被世界
狠狠地割捨，有些人在哭
說感情的滄海桑田比光速還快
有人趕赴從未去過的城市，那裡
有新的愛人正等著攜手終生

一對中年情侶在站口抽煙
望著彼此，究竟無法吸取對方的思想
如吸取尼古丁。又是一對怨偶嗎？
女子吻過的菸蒂有春聯褪色的痕跡
小嘴不停，是否也吻過另一個他
當天使取消了存在，還有什麼
比分離更可歌可泣？
若每個夜裡的祈禱終究只是祈禱
分離也只是相遇必然的結果
──無花，逕自結果。

神哪，祢是否願意饒恕天使的背叛
祢是否願意賜予沒有缺憾的擁抱
神哪，困在月台的都是祢的孩子
雖然他們被安排在不同的
命運的車廂，無法更換座位
也無法提前下車

在高鐵站，許多天使在哭
但活著的人都在笑
那個她恨不得快點飛向他
那個她這麼多年，還是沒能靠近
沒能忘懷他。那個她
口口聲聲為他辯駁
給出僅有的身體和呼吸
被拋下的她癡心等待，一班早已
失事翻覆的列車，上不了天堂
被寵愛的她，絲毫不覺命運即將
帶她進入地獄，分手比死亡更殘忍
體內有另一個生命的她，始終
不明白生命究竟是怎麼一回事
長長的一生，又要帶她去往何方？
那個她，現在才發現自己
是不散的陰魂
更是被天使故意遺落的行李箱

一世人那麼長──
而鐵軌自顧自無盡延伸
不願施捨憐憫的盡頭
在售票口，一個男子挽著新的愛人
卻劃了一張單人單行票，其實
他從未愛過她。
畢竟所有的相遇和追求
必然都是分離
後來她知曉這一切，卻恨自己
還未老去，獨自坐在月台上
默默吃著他買的綠豆糕
夾心好似黃連苦，沒有勇氣上車
離開他，何嘗不是離開自己

在高鐵站，有人擁抱，依依不捨
一世人落落長哪日子怎麼過
父母和孩子卻連一面也沒見上
時刻表寫的都是生辰和忌日
什麼話都不用說，天使只是看著
不坐在誰的肩上守護

一朵白色細小的落花，被列車進站的
強風揚起。漂浮。旋舞。升降。墜落。
彷彿再活了一次。躺在月台等著
被誰踐踏。沒有誰懂誰的心
沒有誰願意懂誰的心。沒有誰像我
願意如此凝視她的再生。

一顆松果順利從購物袋裡逃出生天
從月台飛越，想前往對面的月台
卻被輾斃在鐵軌上，果鱗綻開
機運釋放沉睡的具翅種子
它比人類更自由，不被肉身綑綁
它和人類一樣無能，無法決定命運
像高鐵站內那些無限的她
不知名的她，甚至不需要名字
不被記錄的她。神哪，她們都是祢的
具翅種子，祢將她們收納在名為人間的
松果，隨機給予恩賜和禮物。

──而我不在其中。

神哪，祢將一首詩一朵花
放在我的掌心，我偷偷窺視
她們的命運。神哪，但我的命運
爲何無法窺視無法預測？神哪，
祢還在嗎？爲什麼沒有一雙手
撿拾落花，安葬在書頁與書頁之間
撿拾我，安葬在詩集和詩集之間

在高鐵站，擁有純潔眼睛的孩子
不發一言凝視著我，原來這世界
還有活人，還有人能夠看見我
卻不敢和我說話。遊魂記起前生
誰曾說過：人間漫漫，我陪著妳走
慢慢的我們知道結果，擁有結果
如一枚小小的圈，是無缺，也是句點。

神哪，一世人爲何長得可恨
卻又短得可悲？人流匯聚的高鐵站
每個擦身而過的人都有目的地
我的，卻不知道在哪裡？

而菸卻點亮了整夜

背景音樂是李歐納柯恩的聲音。

食指和中指夾著菸，在不開燈的房間裡踱步
做完一個夢只需要十分鐘，菸卻點亮了整夜

下午屬於愛慕；屬於互相愛慕多年的純友誼
短短的電話，說完了一個借來的戀人的夢。

背景音樂仍舊是李歐納柯恩的聲音。

那根菸一直沒有熄滅，不戒菸了，沒有
燙傷手指甚至也沒有燙傷過去吻過的唇

午夜只屬於瘋婦，夜裡睡了又醒的瘋婦
醒了就起床抽菸，試圖以抽菸哄睡自己

背景音樂總是李歐納柯恩的聲音。

傍晚屬於真理，在緊閉的真理之門前我們質問沉默
嘴是兩片門，耳也是兩片門，而陰唇更是兩片門。

一千個女人的房間不只一千個女人，但她們
的遭遇，她們的生命故事卻只有一個版本。

我不明白

我不需要明白蝴蝶翅膀上的鱗粉
和珠光眼影的關係
也不需要明白愛情是如何將等待
從名詞轉變為動詞

我知道黃昏會帶來焦慮和驚恐
讓人看透絕望不是純粹厚重的黑
而夜晚更不是。星星是絲絨
被燒灼的傷口，閃爍早已表明疼痛

失眠是好的。雖然不明白如何
擺脫渾沌與顛倒，搖晃會使它們
融合嗎？而一點一點爬進窗台的光暈
讓我明白時間的惡獸正吸吮生命的骨血

彷彿生來就為了一步步走向死亡
這次是將動詞磨合成墓碑上的名詞
兩者之間只有獨木橋，而我們穿越橫槓
不需要再明白生而為人，多麼抱歉。

空梅

如果雨季遲遲不來，情節便無法開展
故事少了豐腴的骨肉，傘等在牆角
沒有打開的機會，溫暖的黴菌
說服人不懷疑今年又是空梅

喜歡和不喜歡的，都是睫毛
掉落了也不被知道，我依舊堅持
喃喃的碎語，花俏的意象。試圖填補
傘的空虛，在被辜負的許多清晨

沒有人比我更著迷探究身體與靈魂
的關係。誰都可從任何場合退出
但我不會。我的身體也不會。
守著乾旱就是為自己的遊魂守靈

風箏只能在颱風天獲得自由，於是
分外期待雨季，像守貞的處女為了愛情
其實雨季遲遲未來，情節只在想像中
展開故事豐腴的骨肉。

要

每個進入你生命的人都要

發給他們鑰匙和匕首

把鑰匙插入耳道

匕首埋進骨盆

要在天台上抽菸

卻不和天空說任何話

要錯落有致地咳出心肝

不要呼吸空氣，要吸進絕望

要把每條河流都連接血管

末端打上漂亮的蝴蝶結

要每場交易都充滿溫度和激情

要在睡著的母親的床前進行懺悔的彌撒

趁機偷走她們的年老和疾病

要把每個母親都變回少女

教導她們不用子宮綁架愛情

把每個父親都變回嬰兒

讓他們免於陷入婚姻的墳墓

要在玩躲貓貓之前屠宰一隻貓

砍下貓頭放進禮物箱

讓孩子們珍藏

要在後頸紋上一對眼睛

提防背後的擁抱

要讓所有的妻子都習慣丈夫的不忠

而丈夫接受妻子的癲狂

長長的一生要相互折磨如同扶持

要允許愛人殺掉自己一次

不，二次，三次；或者更多

要拔掉指甲，挖掉眼珠

安安穩穩地做上一個好夢

廚房的燈總要徹夜亮著

廚房的燈總要徹夜亮著
方便隨時幫心愛的人
煮一碗夜宵
孩子似夏天的秧苗瘋長
所有的父母只差
只差沒把自己的肉割下來

父母的腰背是秋天佝僂的枯藤
所有的孩子，恨不得
將自己的骨頭熬湯
讓他們喝下後
依然是挺立偉岸的模樣
剩下的一切，只好留給愛人
摻入當歸煮一碗忠誠的下水湯

廚房的燈總要徹夜亮著
耗子們活得陰暗
要照亮牠們，感受明亮
多麼美好，而生命充滿機會

廚房的燈總要徹夜亮著
所有我心愛的人，成了鬼魂
仍舊記得回來，陪我
吃一碗夜宵

所有的靈魂沿著紋路回家

風的皺褶在水面現形
我們都喜歡
盯著這些紋路
看靈魂能夠走到哪裡

夢浸泡在夜裡一直煮不開
不願意讓母親告訴我
人世有多少破碎和悲傷
我想讓母親永遠保持
年輕貌美的樣子
而我，代替她老去

不能讓她知道
我的心脈已積鬱成疾
要自然而然的死去
甚至不能讓她讀到這首詩

一整夜我用乾癟枯瘦的手
拿著熨斗，燙平水面的皺褶
希望所有的靈魂
都能找到回家的路
再穿上光潔如新的肉身

喊我的名字要小聲點
不要吵醒母親
為了分娩她已經讓自己死去
我不忍心讓她看著我死去
不要吵醒母親
她等著我將她生出來
沿著若隱若現的紋路回家

原名為年事的抽象畫

磨石子靜靜等待浮塵
累積為扶鸞問事的沙盤

所有私密的魔法都在陽光下
現形，昭示幽微的妄動

我們在織物上一點一點
刺進所有愛過的名字

一把一把化成灰吞下
來不及忘記的也歸於沙盤

少女剛萌芽的酥胸，被時光
烘焙成淡淡的咖啡香

鴿子和蠍子都在掌心安穩地
熟睡，沒有和解的必要

各種繁瑣的心碎聚合
一個有機的部落正在誕生

窸窸窣窣的雨聲轉述
稀稀疏疏的影像

又是一個不得不亮起來
而自顧自的黎明

送你一片晴空萬里
去茂密的雨林探索黑暗

沒有人不想念過去
曾經單純美好的自己

只是忘記打開雙手
就能篩漏不值得的人事物

塵歸土，泥土屬於墳墓
蜘蛛在眼角專心織網

日安，陌生人，我的名字是
你的名字是——

原名為崖邊的長鏡頭

整個下午，老舊的風扇沒停過
死心和絕望的詞彙流轉
窗外細雨將它們泡爛
怎樣都流不進房裡，更何況
妄想在髮間滑動。妝檯前
綠蘿的細莖擅長擬態
從少婦如瀑的捲髮彎成祈禱的姿勢
焦渴太久，連骨頭都可拋卻

跌傷的右腳踝不取得身體的同意
以疼痛進行無聲卻激烈的抗議
原來扭曲是這麼一回事。
只能隔著玻璃用眼睛喝水的綠蘿
比人類更明白扭曲無所不在
如同雨水的墜落也是扭曲的微笑

差一步，只要再向前一步
懸崖便成了最後看見的風景
身體沒有必要，腳踝更沒有必要
而死心和絕望的詞彙依舊
自顧自流轉和扭曲，像綠蘿
不再執著長出一身硬骨頭
拾回蔓延攀爬的本性，往前延伸
——距離懸崖只差一步

病

她這一生都在做同一件事
每天晚上，用夢織成的梯子
緩慢地爬到天上摘星星
一天一顆，將摘來的星星
磨成細細的粉塵吃下

他的一生也在重複相同的事
早晨出門時，在路上收集
每棟房子簷下的蜘蛛網
回家後輕輕地拆解
還原成細而黏膩的線
纏住屋裡的女人

他和她相遇並且戀愛
她餵他一口又一口的星塵
他糾纏她好動的腳踝
每個下午待在空無一物的
房間裡，各佔據窗台一角
窺探對面的你

你的一生也和他們一樣重複
將你從戰場上帶回的純潔的槍
拆解保養，彈匣裡的子彈
裝進去又取出來，取出來又裝進去
多麼神聖且和諧的遊戲
而我的一生只用來
觀察他們且被他們觀察

破曉

尼古丁透過濾嘴吻我
而指甲被毛衣扯斷
我靜靜望著天空
想朝一朵白雲飛去
將它染黑,並且簽名
寄到海洋的心底

我的貓兒不愛我
牠用爪子抓傷哀樂的中年
牠用帶刺的舌頭舐舐傷口
而我的白髮叢生
變成積滿雪的松林
遠處的角鴞唱著詛咒的歌謠
化成煙霧,要我深深吸進肺裡

此時又是一個帶有薄荷味道的
黎明,我想離開這個世界
和貓交換身體,再度生活
用帶刺的舌頭梳理新的傷口
卻不讓它發炎

我想明白:
在烏雲的頂端,能不能遇見
另一個自己?

匿名訪客

衣帽架伸出手來接過大衣
直挺挺站在門口
忘了它早已離開雨林許久

抖落煙塵，將閃爍的霓虹
和路人的私語留在門外
立燈溫婉，重新雕塑我的形象

看我帶來什麼給你？剛剛
摘下的星星，以你的名字掛在
夜空，月亮勾起淺淺嫣紅的指尖

該帶什麼離去？疲憊的心事讓領口
駁雜的唇印模糊，未曾滿足的
慾望不斷膨脹著陰影，而我

我執意將你留在午夜，曖昧
而柔軟的邊界，轉身離去前
不讓人發現眼底的眷戀

從黑色逃到白色，我這一身
鱗片般的雨滴和光斑
比天還灰。

不見不散

孤獨的人走到夜裡
撫摸風
也被風撫摸

孤獨的人放棄一封
遺失讀者的信件
字，一塊塊，壘成高塔

而孤獨的人哪
站在塔頂
瞭望孤獨的人間

孤獨的人走進夜裡
走著走著
把自己弄不見了

這些年

這些年，我留著碗大的傷口
在裡頭養一隻鯤魚
餵食寂寞，憂患，猜疑
小心翼翼地不讓牠長大

這些年我任由歲月在臉上
劃出針痕，將情緒埋在胸腔
和腹腔，演練世故，掩飾天眞
只在推杯換盞間偸渡本心

這些年來，終於接受心裡
還活著一個七歲的女孩
學著鼓勵她笑，承受她哭
卻仍舊對她咆哮，對她苛刻
責備她的無知與爛漫
總是在深夜，放任她嚎啕
因而後悔，憐惜她的無辜
不再強迫她面對地獄

這些年我反覆刷洗肉身
試圖刷去塵世贈與我的汙漬
保持清清白白的樣子
卻總在身體添加標籤和記號
我能依仗的就是這具肉身
我能懲罰的也是這具肉身
能愛的恨的保有的依舊是這具肉身

這些年，最怕有人問我過得如何
明明一言難盡，還得笑說天涼好個秋
明明揣著千頭萬緒，但不再說出口
拒絕所有愛與被愛的可能，鎖緊房門
不邀請任何人過夜，捻亮燈火
只期待鯤魚變成候鳥
最好最壞也都還有自己

這些年，我什麼也沒做
卻又好像做盡了一世的勞務
不敢清算是非對錯
或許就錯在我做得太多
或許就錯在我什麼也沒做
這些年就這樣過了，發生的
和沒發生的早已分不清
也不再重要

寫信的那個人

酒神在臉頰打上註記

於是愛情就成了春天的動詞

無法被探測的深度

不喝酒的人寫醉人的詩

而不抽菸的人

卻終身活在迷霧中

寒氣沁入骨髓

冷艷？還是哀艷？

都不足以形容

深紫和琥珀的體味

寫信的人走了

洗好鋼筆，晾在書架

留下淺藍色的指紋

我不想做一個愛笑的人

因為所有愛笑的人

都活在刀鋒和走在鋼索上

我總是想做一個善於飲酒的人

才能好好地珍惜清醒的片刻

我想做一個抽菸的人

卻仍站在原地

等霧散去

明天，寫信的那個人

還會來嗎？

躺

最後只能躺下來。

躺下來默數彼此的呼吸
黑暗中，有熟果漸漸
腐敗的香味攪和均勻的節拍

活著就是一起數時鐘
數天氣，數天花板上的星星
數多少句話，沒有必要說出口

交換瑣細的咕噥和悶哼
生活都濃縮在隻字片語裡
已經不再談及愛，或是不愛

彷彿我們一同躺在墓室裡
談起前世，預測來世
忽略濃稠的今生卻過得稀薄

所有愛過的都會被摧毀
生活過的痕跡也都會
成為遺跡，卻不被記得

……就算如此，我也堅持
要當那個最後關燈
最後說晚安的人

縱然最後我也只能躺下來。

遷居

最後一次，當我再度打開
這扇門。上一次，是歡迎
你的到來，而這次
請讓我安靜地目送你離開

請將我的思念帶走，悲傷
帶走。我們之間所有的一切
那些已經發生的或期待發生的
請你都帶走；我不願意留下

回憶需要妥善收存，將時光的
切片，牢牢握緊。但這一次
我把佔有的權利讓渡給你
此後，便只有你記得

所有的空氣都是寂寞的。故事
不需要結局，而開頭始終新奇
每個地址，都擁有過不同的主人
都記得這個空間中所有的我們

最後一次了，我關上這扇門
手中的機票被汗水浸濕
終於要搬去新的地址
定居，只和我自己

門裡門外

這個冬天快要過完
我的病卻好像現在才要犯
一整天躺在床上
望著百葉窗篩落的光影
訊息是一條條的釣魚線
勾著我本就不沉穩的睡眠
一整天沒有進食
我不飢餓，精神強大而富足
機會好多啊它們撲面而來
童年也撲面而來
門外腳步聲時近時遠
我害怕門會被打開
我害怕骨子裡的害怕
會突然排山倒海破門而入
我抵擋透出骨子裡的害怕
在這個快要結束的夜晚
在這個快要結束的夜晚

度病

妳，一個人
早上起來，急匆匆咳出桃花
和問詢的姐妹們說得最多的
就是妳平常最多說的
──我沒事

妳，一個人，生活多年
多年裡沒有過這樣
病得又快又急
彷彿一場甜蜜的戀愛
突然間急轉直下分了手

妳，一個人查好就醫資訊
神智清明地看了醫生
掛點滴，服藥，平躺在病床上
寤寐之間，遠離顛倒夢想，而
涅槃，終究不是妳的

沒有發燒，甚至還可以
談笑風生。彷彿沒有問題
沒有問題地，妳來到
這世間，一個蘅蕪君
倒是演了一回焚稿斷癡情的顰卿

分明是心荒蕪了，肉體
才跟著撤退。分明是愛得深了
無話可說。分明是妳，一個人
硬生生分裂成兩個人——
一個神魂顛倒，一個度病於世。

舊影集

一次又一次，播放屬於我們的
舊影集，掌聲在暗處響起
帶著我反覆溫習那些年
說過的對白，荒謬的走位
卻忘記配角早已自顧自退場

我仍記得自己該用什麼眼神
留住時間，讓離去的腳步
變慢，甚至故意不給予承諾和誓言
我仍想念那些曾經鼓脹的華服
撐起慾望，令人身不由己

我看著影集中的自己，彷彿看著
他人的故事，在空無一人的放映室
左手緊握右手，只要不空出手
就不需要抹去煽情的眼淚。今夜，你是誰
生命中的主角？──舊影集沒有回答

辭祖

三炷清香，馮家先祖在上
三十年未說福州話
零散斷裂，竟也是女兒欲斷
之心弦。含淚請先祖細細聽兒
稟報，並求心中深埋三十年
硬刺應允拔除

父母離緣，林氏早已不是馮家人
含辛茹苦養育一雙兒女。我父
待妻兒如何，先祖在天之靈盡知
曾令我深深埋怨有父如此
毀我半生，埋怨先祖未能護佑

兒行年三十七，一事無成
恨女身未能成器，未能榮耀馮家
未能改變我父脾性。今日惟求
先祖哀憐，允兒隨林氏

想林氏畢生劬勞，兒不忍她百年無人
奉祀。回顧我之半生，身心酬業
患累逼惱於長夜，沉淪生死苦海之中
之所以苟活，實乃我母是惟一支柱
及責任，想她賢淑貌美
本可開展新生，卻難捨骨肉
故未再嫁，拒不接受他人好意

我母，逐日逐夜，輾轉反側
爲一雙子女操碎了心。數次救兒
於死生邊緣。卻只得淚眼相對
兒身心諸多創痕傷疤，亦無可奈何

我已中年，卻如芒刺在背，如鯁在喉
談及父親總隱隱作痛，兒女竭盡心力
欲修補和好，修行迴向，詎料我父
時時踐踏。兒女已然絕望
惟求他餘生再不使妻兒負累

父不父，子不子，非兒女所願
兒並非背祖離宗，實乃感念
林氏養育之恩，欲從母姓

馮家尚有兩子，兒今日
且去，無礙香燈傳遞
林氏只有兒，是她的念想及希望
惟願先祖顧憐幼弟，馮家兩子

不求光耀門楣，但求他們皆能獨立成人
振興家業，不負馮家先祖之恩
三炷清香，一個允笅

——兒此身分明，叩謝馮家先祖成全。

舊衣

得到它了，然後忘記它了。

若能貼身，便也
記得曾經貼心
初見的悸動
手指勾勒線條的質感
記得那條街
那個人，甚至那
雙鞋
也記得或許還沒撐起
還沒穿越
便已舊了，就像
那個人

忘記它了，
然後就真正得到它了。

某個凌晨……

某個凌晨我決定寫一些柔軟的句子
證明自己並不如表面上的強悍
提醒被塞進冰箱的哀傷
可以醒來，如酒，偷偷溜進清水
被我不動聲色地喝下
是不是裝作喝醉就能真的醉了
這個深夜我決定隨便找個人
來愛，想對某些人傾吐
但對方無意傾聽的話
多想掏心掏肺呀豁出去一切
多麼想說出口啊
多麼寂寞也多麼需要
記起自己是個女人記起自己
曾經似水溫柔
這個深夜我把自己關進衣櫥
將絲巾緊緊纏上脖子
重現童年的噩夢是救贖的儀式
我必須苛責自己才能記得自己多麼
不配得到愛，認清自己其實沒有人愛

某個凌晨我想割破左臉
深深的傷口能釋放靈魂的疼痛
一絲不掛只剩刺青疤痕和體環
就能躲成布考斯基筆下鎮上最美的女人
誠實地告解自己多麼醜惡以至於
不配得到愛，認清自己永遠不會被愛
誠實地告解自己多麼虛偽多麼卑賤
要假裝強大才不會再被狠狠傷害
那些開朗和快樂都是束身馬甲
不能鬆開，在某個凌晨我決定⋯⋯

雨過海口老街

刻意不打傘
讓過分燃燒的熱情
降點溫度
一條老街悄悄
說著午後，說著故事，更說著
寂寞與心事

我刻意不打傘
怕驚動一場帶著水珠的邂逅
怕蹦地一聲便將誰的話語彈開
怕老街又沉默以對，將故事深埋
寂寞是時間對此最寬容的告白
遊客來了，又走，行進中
自顧自拍照，當地商家
撐起懶洋洋的眼皮，有意無意
兜售傳統的情調，但過去
已經過去，未來又似乎遙不可及

走完一條老街，仿古翻新的建築
像誰該在我身邊卻又不在
我身邊。我和它共享這份寂寞
像杯即溶即沖的咖啡
時間到了，它繼續年老
我繼續路過並觀看一位美人的遲暮

予雨

予的肉身長出刺。翅膀。刺青。自己長出來的，予莫可奈何。你們量化予的寂寞，予的歌聲，予破破碎碎的肉身。而予又量化了你們。

暴雨下得予心煩，予是雨，予是予。予暴烈的性情，就是場暴雨。暴雨刺壞予，所以予的肉身有雨的刺青。

予如此盛大。雨如此盛大。雨勢必然要傾盆的。予是必然要傾城的。

你們避走。避走雷聲。避走。語未通。予正在經過雨。雨正在經過予。予咳出雨，雨咳出成色不佳的碎銀，予咳出成色不佳的雨。

這一款雨。不需要款擺的婀娜。只需要顯擺的跋扈。你們盡管避走，避走雨的肉身，和予翅膀的箭羽。

輯二：

抵制
春天
制天

後來沒有了。

後來沒有了。一根針躺在腳邊
陽光一照轉身就成了銀色的蛛絲
我們都沒有說話，相對坐成繡屏
那根針就是勾勒我們的工筆
一針針繡完彼此，卻不再是彼此。

後來沒有了。已經沒有人哭了。
我們各自活在偌大的房間
出門上班，擠地鐵，滑手機
說幾句嘻笑怒罵的話證明自己存在
撐著扶手打瞌睡，走路時不要低頭
不要含著胸，不要當張愛玲筆下
善於低頭的女子，不要左顧右盼
落實為她筆下玩世不恭的浪子

後來沒有了。沒有傷害與被傷害的。
將自己縮成細針，同時留意
不要刺傷人，留意可以坐下的椅子
像針插。下班，關門，到家，抽菸
想說話，卻變成咳嗽，只能和
一室寧靜的影子說話。說今天好嗎
吃飽嗎，累了嗎，說其實穿不透寂寞
說，其實也不過如此；後來，還是沒有了。

後來沒有了。忘記自己如何被磨成細針。
有人在闃靜的房裡做浮躁的事。有人在消耗
過剩的精力和恐怖的無聊，埋怨餘生漫漫
有人不甘心地等待從未看過的雪崩，有人在看

看自己究竟是怎樣沒有了。

獨身女子的雙人床

習慣夜歸，躲著艷陽走
習慣進屋前神經兮兮的檢查
是否有人尾隨
關門後掛上門鏈，重重反鎖

現在，獨身女子開始脫皮
模擬在子宮的光潔赤裸
她的夜晚，有愛無愛都高潮迭起
畢竟肉體才是永不過時的顯學

謹記前任床伴的批評指教
雙人床上其實沒有第二個人過夜
已經好久，她連自己都不愛
將情緒或情感藏在床底

她吃得很少，睡得不夠
獨身女子的雙人床總是缺乏彈性
守身如玉，和守身如欲
必須分得清楚

天亮了，她笑了，決定醒來之後
洗心革面，不再做惡夢
不再做一個撒嬌賴抱的好女人
只和自己的雙人床，地老天荒

床的那一側

那麼孤單，那麼徒勞
伸手，就是一座橋
兩個城市的輝煌就此開始
床的那一側曾經那麼孤單那麼徒勞
伸手就搭成一座跨海大橋

我們以為床的那一側會是永遠
未曾想過伸手也包括道別
道別天堂，道別人世
還是習慣伸手觸碰床的那一側
終於領悟空曠，才是永恆

不知熱，不知冷；我在床的那一側
終於明白恆溫也包括極冷和極熱
我脫下皮囊，熨平，仔細擺放
在床的那一側，換個方式
繼續活著。

按讚為之一種社交哲學

：寶貝，好久不見
：你終於來了
：晚餐要吃什麼好呢
：缺夫婿，在線等，急

約翰的媽媽過世了，節哀順變
伊娃剛剛離婚，慶祝單身
安重考三次終於成了公務員，真棒
傑瑞米難得發文，必須鼓勵

感謝偉大的社交軟體，讓我每天
都能關心我的三千多個朋友，參與
他們的美食，旅行和頒獎典禮
我已讀他們的生活，不用承擔風險

一路滑下來，我歡快不已。按了
所有動態的讚，表達我的心意
和禮貌，唯一美中不足的是按讚
猶如蓋手印，卻沒有掌聲

家書

妹妹，今晚的月亮
又白又大，像妳可愛的笑臉
我赤腳上了天台，坐在
女兒牆，想起小時候給妳說過
月亮上不只有嫦娥和玉兔
還有我們摯愛的親人
妹妹，此刻我想起父母
他們飛翔之後，開出一朵
又一朵詭麗的大紅花
我沒告訴妳，那是此生我看過
最絢爛的奇景，也是雪景

妹妹，我剪短了水蔥似的指甲
卸除了彩繪。想起媽媽說
我的手腴白細膩，不像賢淑的手
總讓人誤會是嬌生慣養的富家千金
所以剛剛我將手送給了火爐
妹妹，妳知道多麼奇妙嗎
明明是火，卻能讓手長出一顆又
一顆瑩白的珍珠，長出爸媽
紅彤彤的剪影；對此我感到欣慰

妹妹，妳能不能原諒我是個
無能的姐姐，還是無法張開大腿
引誘男人通過小徑到達天堂
取來妳安穩的希望，妹妹
剛剛我剪掉及腰的長髮

媽媽最不喜歡我留那麼長的頭髮
她說整理不易，保養費時
幹活不方便。所以我回到了男人的
模樣。可是我知道，妳認得出我
雖然我們的家族沒有男人，此時此刻
我就是我們家族唯一的男人

妹妹，我每天吃下那麼多死物
它們成為活人的祭祀，令肉身膨脹
可是靈魂呢？我始終懷疑靈魂
到底存不存在。妹妹，此刻
妳是否將自己捲進厚厚的被褥
養幾頭溫順的綿羊，在夢裡放牧
會不會記得小時候我們夜裡在門前
乘涼，爸媽所說的故事？

今晚天氣真好，我感謝安眠藥
讓我可以夢見那麼多的美好
讓我可以遺忘那麼多的美好
人生如此公平，是吧
今晚月色多美好，我和爸媽
相視而笑。他們過得很好
月光照著我裸露的腳趾和小腿
那麼白皙，彷彿我也能發光
妹妹，今晚我想飛翔
在天上的爸媽也同我一樣
想妳。

聖誕快樂，布加拉提

聖誕快樂，布加拉提
此刻你踏足的雪地是月光撫慰的清冷
你尋找什麼？禮物，他人的足跡
或上帝賦予你獨有的美好

十年後，我還會踏上這片雪地
你的足跡仍舊鮮明，跑吧
奔跑吧，頭也不回地奔跑吧
布加拉提，你尋找的一切
就在前方，就在上帝應允的奶和蜜之地
天空會下蝗蟲，災難，也會降下嗎哪

此刻我和十年前的你對視
直到我放棄對未來的掌控和慾望
直到我不再窺探未來，不再祈求諭示
關於你，離開這個世界，頭也不回
在雪地奔跑的你。關於你，棄絕這個
世界，在銀白色月光下叛逃的你
你，一直以來又在等待什麼？

此刻，十年後的聖誕節
誠摯地祝福你節日快樂
我摘下一片小小的月牙給你
將自由獻給你，我將帶你離開
離開連說話都警戒的牢籠
哦，親愛的布加拉提，你知道我們
會在漫長的絕望中找到彼此，你知道
鎮魂曲仍沉靜地演奏著……

寫作者

有多少寫作者揮霍文字
吐出口水，夾雜濃痰
和對於自我錯誤的認知
自鳴得意的曠世巨作

已進入爭先恐後，又唯恐
天下人不知的搏擊場
到處簽名鈐印，說好不拆穿贗品
堅固的共犯結構，上升的沉默螺旋

一切都是徒勞。靈魂一日日
抽離肉身；因而虛浮腐朽
只要腳不落地，就能至高無上
每次寫作都在挑戰如何取代上帝

已輪到諂媚的評論者瞻前顧後
反覆確認文學史和排行榜的時刻
依舊得要簽名鈐印，題上金玉良言
荊棘編織的冠，戴成桂冠和皇冠

明明知道，落筆和落子
其實是同一件事
無悔，最要緊是無悔
辜負天下人，卻不可辜負自己

打雷閃電時，我驚恐不已
驚恐雷擊加身，卻又矛盾地
擔憂雷擊來得不夠痛快，以至於
無法令我的死成為傳奇

我寫作，我有病，我生而為人
這些都令我深感羞愧
我寫作，為了證明自己的存在
再取消自己的存在──如此往復

大多數時候

許多人用寂寞分行
一地嘔吐物仍當成佳餚
被最好的瓷盤盛裝
用舌尖切成一排一排

大多數時候
不在意第二人稱的偏旁
是男人還是女人
是大人還是小人

大多數時候
樂於被觀眾綁架
自導自演
極其無辜的人質

傷口不能療癒
保持完美的潰爛
大多數時候還是人渣
就像料理雜碎的人

夜裡站在天台上
隔著欄杆大喊
自己是世上
唯一清醒之人

盛宴

二月自剖，音符被稀釋
融在空氣中，每個人都深深
帶進血液唱出新的歌曲
但能夠說明愛和傾心
不是同一件事情嗎
能夠讓側著身的豎琴說話
那怕是句借過也好
能不能申論三月多麼
華貴而美麗，綺艷的詞藻
一月沒有發出任何動靜
坐在肩頭遠眺
蛇夫座連成密語
你可以幫我翻譯嗎
自此才有了代名詞和人稱
宴會流動著而我們說好的巴黎
隔著胸骨慢慢長成鐵塔
你能告訴我四月其實
其實它並不殘忍嗎
玫瑰都俗爛了
鑽戒贏過情歌及故事
如此亦步亦趨且出神入化
至於五月都不提，不提就忘記
自由是用血換來的
都有過選擇的自由對嗎

六月適合傷心、拍打，和反彈

用力撕開傷口灌進安魂曲

如酒的行板要喜悅地暢飲

我不會告訴任何人關於七月

如今安生於何處

九月在臉上刺青告訴八月

孔雀多麼惹人惱怒

維利亞說再不背愛情的十字架

更何況那個誰

死在了十二月的狂歡

年是跨越了但故意

拋棄十月放任十一月

在廣場狂舞，嘶吼

切得細細碎碎的幸運藏著

披著窺視冷不防

揚起袖子便散在風裡

看我活得那麼瘦那麼輕

像淡淡的影子，你吐出的氣

戲中戲

看哪，這城市最華麗的表演
就要開始，名媛淑女，達官貴人
紛紛展示良好的社交禮儀
優雅緩慢地依序將自己置入天鵝絨椅

語刪先生，龐德先生，節制先生
你們的禮服和魔術準備好了嗎
高高在上的壞脾氣暫時先寄放後台
現在，你們得變出更多的黃金

縱情夫人，雷歐娜小姐，好好女士
妳們的高跟鞋和露胸短裙來得及穿上嗎
拼貼好眼線，櫻桃唇，和誇張華麗的濃妝
彩排如此熟練，每個動作都能銜接上吧

主教大人，主席大人，法官大人
你們的笑聲和掌聲是否準備好了
屏氣凝神，等著挫磨他者的
尊嚴和獻媚，以巨額的打賞作為交換

小狐狸，小刺蝟，食人的小魚兒
你們有沒有乖乖收起伶牙俐齒呢
忍住，忍住，不能因為飢餓
就張口咬傷了演員的小腿

最華麗的表演從不謝幕
小狐狸吃掉節制先生的鴿子
小刺蝟刺破好好女士的玻璃心
食人的小魚兒呢？──正伺機翻身上岸

蘋果蘋果說不出口

一顆蘋果要過馬路
去和她的朋友
喝下午茶
但是蘋果找不到
斑馬線
一條斑馬好多條線
蘋果數數，數著
數著不小心就走完了
斑馬線

（順利和朋友喝了下午茶
　今天要喝什麼呢
　檸檬紅茶柳橙綠茶
　順利想喝蘋果紅茶可是
　順利並不順利才喝到
　蘋果紅茶）

蘋果蘋果說不出口
說不出口她愛你
而且說不出口的話
就可以留在家鄉
當一支不會爆炸的手機

你要不要吃一顆橘子呢？

一顆橘子剝碎了音符：
二分四分八分十六分附點籽籽
忘了呼吸呀跳來跳去
跳來跳去
正在讀小學的瑪莉大笑
尖叫著掀開隔壁安妮的裙襬

（一顆橘剝成了白色全音符）

跳來跳去把時間都搞瘋了
有一顆橘滾到角落
笑吃吃不止

為什麼這時候不唱一首兒歌呢：

算算橘裡幾顆籽
算算城裡幾個小孩子
他們活著
他們現在還活著

六月已至——

六月已至。紛紛的落花已至。
暴雨，颱風，高牆，河堤
以及心眼裡的萬花筒
蚊蚋歡快旋舞，等不及
孳生；生的愉悅，死的黑甜
再熟悉不過
一枚釘子埋進土裡
笑著笑著就滲透那是雨
叮吻過的紅腫
不去抓撓竟也就忘記
難堪，水泡，膿瘡，感染
如此瘋狂的節奏
六月它自顧自地來
不曾問過五月是否讓路
紫斑蝶最是矜貴
說清明就清明
神之手將落花揉成爛泥
就要輕賤，突顯端紫多艷
自然也無須過問
是否讓路，一如生命
直闖進來由不得人反應
只為讓人明白
劫後餘生多麼可貴

六月已至。紛紛的落花已至。

抵制春天

取巧的桃花，忍住骨子裡的暴烈
識相的保持沉默，束緊腰身
一個個垂下軟軟的頸項

媚俗的櫻花也不敢恣意妄爲
說好的張揚的粉紅色噪音
還困在頑固的雪裏

這個春天已被眾神抵制。
不許三月來臨，楊柳捉弄微風
連擅長挑撥離間的杏花，都不語

誰該點萬物的名
點貪睡而遲到的萬物的名
點壓抑住爆裂的慾望的萬物的名

整夜整夜熬著，熬著整夜整夜
等一枚柳葉鑄成小刀
割開春天被抵制的咽喉

※ 柳葉刀卽是手術刀的別稱，亦是醫學權威期刊之名。

春難

這個春天註定無法醒來
被困在祭壇，柳葉刀
等著肢解褪去包裝的禮物
這個春天不被眾神原諒
女子謙卑順服的祈禱
甚至瘋癲絕望的敲鑼打鼓
都不再忠實地上達天聽

眾神不動；不低垂慈悲的眉眼
不側耳傾聽呼求；不降下神諭
這座城市註定成為廢墟
註定被厭棄的人們哪
命運至此，已和他們無關
求一個開悟的契機不如
求一份，鑿開孔竅的善終

這個春天註定胎死腹中
城門封鎖，訊息封鎖
而人心，是最早閉鎖的
愛情頹坐在此哭泣
哭所有的隔離都是天人永隔
祂削盡有情人盟誓的長髮
死神為什麼還不放聲大笑

這個春天註定是一場盛大的葬禮
該醒而未醒的萬物被縫緊眼皮
嘴唇被塗上腥紅的微笑
哦，那些新娘多幸運，同時
也是美麗而蒼白的未亡人
愛人先在彼端等待
喪鐘敲遍，哭聲加入合奏

這個春天註定被眾神厭棄
我和我的愛人，分別圍困在
春天的斷垣殘壁，不睜開雙眼
就不必看見，絕望和悲憤
不必將小夜曲寫成哀歌和斷章
原來圍困的，不是春天
而是一柄柳葉刀
來不及劃破的命運的動脈
和眾神冰冷的心臟

我不像你

我不像你，甘願壓縮身體
抽出所有骨頭
塞進被惡火圍困的城
燒成沙漏裡的沙
為無情的時間服務
炫耀自己是神揀選的寵兒

我不像妳，不厭其煩地
將蒼白的嘴唇，塗滿
腥紅的符文，猶沾沾自喜
吐出取巧的魅惑的話術
最後還將自己的嘴唇縫合

我不像祢，一天天看著人們
發狂。嘶吼。揪扯。自戕。絕望。
從中獲得至高無上的快樂
祢，不知道祢，從來都
不是祢。不像祢；萬花筒後面
那雙手將惡意玩弄於股掌
置入多重的尖銳的虛妄的稜鏡

我不像你，小心翼翼
維持得來不易的巨人觀
隨時防備伺機迸射的惡毒的
膿瘍，不像你
擁有那麼多清澈的眼珠
裝飾死亡，極其盛大而華麗

我不像妳，能夠一天天看著
自己的孩子長大，變老，死去
而不動聲色；不像祢，一天天
輕鬆愜意的毀去心愛之物
又一天天徒勞無功的持續塑造
心之物。我不像你；不像你
一直以來都活得像個人。

白襯衫

白襯衫在秋天沉默。這不是她的季節。

她不穿白襯衫，覺得自己比她更清白，她厭棄白襯衫一沾到汙點就很明顯，她厭棄白襯衫的背叛──沾到汙點便整件報廢。當她想要羞辱自己的時候，她會穿上白襯衫。然後嫌棄自己過於清白；是的，在這個年代，人人都在比賽清白。

白襯衫淋雨，雨透過她流淚。雨是不該流淚的，雨襯著白襯衫流淚。

輯三：

慕光之臣

陶杯——致喜菡老師

母親以一塊陶土
將我捏成一只杯子
傾注愛和祝福
上釉，還是素燒
一再思考。陶土反覆揉捏
印上數不清的指紋

素燒是平凡的
她願我在平凡中
得知真正的顏色不在表象
她願我經歷窯燒的高溫
冷卻，還記得熱情，記得
從柔軟變堅強

我是母親的一只杯子
裝過美酒，濃茶，清水
也走過歡愉，痛苦
最終來到平靜；被溫柔的手
珍惜的捧著，明白
人生待我如何寬容，如母親

妳的雙十年華，有我的
十六年。都說迷惘
少時耽於塵網，將夢做得
如水，如菡萏嫣然含笑
浮想聯翩。詩在其中端坐
我亦在其中優游舒展
荷葉深深，有魚

生命是流轉的光影
光影最亮最暗皆有荷、有情
青年的遷徙轉折中年的離合
按捺翻轉不過只是魚戲
深深荷葉

原鄉是怎也忘不了的長路
有燈如星熠熠，因爲文學所以
我們連淚水都能化做甘泉
養幾枝飽滿的荷，收納滄桑
快樂在於心田筆耕
而妳是那雙勤懇結實的手

雙和、港都、貓裏、桃城、大墩
地名之於我僅止於符號
遊蕩多年，從未忘卻原鄉
只因荷處——
才是我的家

如磐——致錫輝恩師

生活將眉目皺得模糊
但你的叮囑仍鮮明
是星光點點、雨滴折射
虹彩，光輝與恩賜
我記得那些眼淚
後來都成了生日蛋糕的燭影
你說時移事往；往事如煙
我卻想起研究室裡
咖啡的香氤氳了時光
你如磐如實，穩穩沉沉坐落
的確時移，但你拾遺
猶為我指點方向，縱然
已從而立接近不惑
早被生活皺皺的眉頭
總能被你寬慰的話語梳開
了解平靜和豐盛始終都在
一如你，如磐如實
熠熠生輝

午夜讀信──寫在多年後

午夜讀信，指腹摩娑字跡
多年後，沒預料還會疼痛
像筆割傷紙，文字割傷眼神
身體割傷靈魂；你割傷我

午夜讀信。是誰將香艷的床笫
寫成道場跪拜懺悔的蒲團
又是誰，將繡花針寫成醫者
針灸的銀針？病卻無以治。

應該在午夜讀信，問號的掛鉤
懸空，從不需要回答。每個
缺筆都避諱，名字拆解成甲骨
入了藥。病仍無以治。

不該在午夜讀信。試圖將一場
叛變，解讀為孩童無心的失誤
回音懸宕多年，仍試圖忽視
那場叛變，已改變兩個人的一生

月亮上的男人

會有誰坐在月亮上看我呢
他看著我的窗口，是不是透出
微微的亮光，像蕾絲的花邊
是不是想著我正在做什麼──
夜讀？寫詩？和朋友說話？
或是什麼也不做，躺在鳶尾紫的
被單上，抱著自己哭泣，而他
靜悄悄的坐在月亮上面，看我。

他都在月亮上面做些什麼事？
當他不想念我，不窺視我的時候
也寫詩嗎？讀我的詩嗎？和自己說話？
或是維持同一個姿勢，遠遠地看我
看我隱身於萬家燈火中，像將一片葉子
藏在森林。對了，我今天對著月亮問
他會種樹嗎？還是種花？
種了什麼，有沒有我最喜歡的
那些花和樹。他的手指勻稱潔白嗎？
當他摸著我的身體時，我會不會渾身冰涼
或感覺觸電？當有一天我和他牽手時
會不會，分不出來誰是誰的手？

月亮上的男人，我的摯愛。他將自己
高高抬起，卻忍心讓我低到塵埃裡
讓我活在塵世中，像一粒珍珠
磨損得失了光澤的珍珠。我在月亮上的
男人，偉大的喜劇演員，有鎂光燈
和掌聲；只是他，從來不肯享受幸福

我在月亮上的男人啊，從不和我說話
不聽我讀詩和歌唱，更不愛看我在夜裡哭泣
他只是慷慨地，送來一把又一把的光亮
打亮我幽暗的一身，擦拭我幽微的希望
而今夜，我在月亮上的男人，依然什麼也不做
依然只是靜靜地看著我；看著我入眠。

君影

昨天晚上，我做了一個
蘋果綠的夢。妳坐在單車的後座
攬住我的腰，臉頰貼緊背心
我們前往湖邊的小路兩旁
樹木茂密的枝葉攏合成
交握的雙手，綠色的隧道
彷彿巨大的繭，我們是
其中天真無憂的蠶

寶寶，妳不知道
其實我才是變異的蛾
從懼光到趨光，通過妳
知曉作繭自縛的情愛之苦
卻心甘情願。終於了解
樹木的心材如何將說不出口的
愛戀深深刻進木質部
成為被妳拆解的部首和聲符

寶寶，妳用長髮梳理沿途的
光影和風景。像雲朵細緻地梳理
天空。麻雀列隊梳理電線桿上
交錯的電線。而妳梳理我掌心的
刻度，並轉譯電報

這隧道彷彿沒有盡頭。寶寶
巧舌的妳，竟也笑得像月白色的
君影草，在蜿蜒的小路上灑滿珍珠
像颶風推動雨滴，偏離生命的軌跡
卻剛巧不巧落在深情的眼眶

——是妳。

慕光之臣

你說人到中年，已不存希望
在每個魂魄暴亂的夜晚
展讀神曲，渴望從但丁
細膩而暴虐的筆觸中
預知後半生的模樣，卻明白
自己沒有維吉爾的救贖

那些地獄，你說你，早已
不抱著超渡薦拔的希望
日復一日困在肉身的牢籠
等牢底坐穿；唯有讀書寫詩
方可兌換片刻喘息

你說你因絕望而不得不自囚
踮高了腳，搆到欄杆，那怕是
看一眼星光也好，你說你
花了小半輩子，終於從星空中
認出我；說自己不配，摘星
只能是想像，空中樓閣
仙樂和縹緲的身影羅織成
一束純淨的光，終於
獲得鑰匙打開絕望的牢門

你說你，願意爲了那一束
純淨的光成爲飛蛾；說你領悟
飛蛾與命運拚搏之必要，抗衡
之必要，心悅臣服光彩之必要
而往後的每一首詩，都有了
招領的名字——貝雅特麗齊

你說你，甘願成爲慕光之臣。

我愛的女人

我愛的女人是一枚熟透的漿果
她已不年輕，懂得時間和歲月的差別
懂得從暴烈的情節中逃出生天
寫下爆裂的敍事長詩，但冷眼旁觀
我愛的女人似乎和季節無關
只是一枚漿果被神的手指揉破
鮮紅的汁液被人偶然經過
迸發出黑紫的甜膩，我愛的女人
其實也與我無關，只是我想要給她所有的白雲
柳絮，閃電，梔子，颱風，金急雨，以及接骨木
想在每片落葉和落雪上寫滿我們的名字
我愛的女人極其貪婪，她拒絕鑽石，華服，盛宴
只要一間靠海的小屋和綿軟的大床
我愛的女人柔軟而嬌媚，她擅長歌唱及引誘
每當她歌唱，我便覺得春天來到，讓天使們
忘記名字和性別，她時常摺疊身體
躲藏在我的行李箱，將自己說成一句誓言
用天真的眼神，發出諂媚取巧的呻吟
我愛的女人讓我拿她沒有辦法，讓我只能給她
世界，情懷，忠貞，凝視，祈禱，或是祈求
噢，關於我愛的女人……

倒出我的臉

從黑暗中倒出我的臉
從玻璃的另一邊倒出我的臉
從隧道的邊緣倒出我的臉
從詩集的扉頁題詞中
倒出我的臉
從櫻桃和車厘子中
不斷倒出我的臉
而櫻桃無法假裝車厘子
從蜂蜜中攪和眼淚
以便倒出我的臉
從蛋糕打發的鮮奶油中
凝固，再倒出我的臉
從水槽油滑垢膩的杯盤中
心甘情願地倒出我的臉
從每杯還沒喝完的威士忌
我被倒出了自己的臉

被洗得褪色發白的床單上
倒映出我的臉
春季該死的落花，花瓣上
倒印著我的臉
顛來倒去的沙漏裡
倒流的是我的臉
翻倒的糖果罐碎片
拼湊出我的臉
從你的頸窩中倒出我的臉
彷彿她原本就長在那裏
從你的眼睛裡，一次又一次
我倒出我的臉

留一半給你

我想留半盞燈給你
雖然半盞燈照不亮前路
可還是給了你
給了你，你才會明白
還有一條路，通往夢境

我想留半首歌給你
只唱，無關緊要的部分
最重要的衷曲你得唱成
小夜曲、狂想曲和鎮魂曲
才明白失去和珍惜
其實是雙生子

我想留半首詩給你
只寫開頭，我從來都不擅長結尾
中間的部分
我問你是否留白，不留白
好讓我知道你想到的所有可能

我想留半個身體給你
從來我只在身體的左邊刺青
右邊屬於聖母，屬於純粹

關於你，你是我的聖母
請幫我繼續保有右邊的純粹
知曉道路，結尾，和未來
持續祈禱和持續仰望

或是我不留一半給你
你寫詩，寫一首
完整的詩，完整的歌曲
點一盞完整的燈

愛一個完整的人

記杏

猶記那年杏花紛紛如雨
春天沉默，但盛開的光影
已真空保存。我記得
你出生的小城，杏樹成林

攜一把油紙傘
擋花瓣飄灑，說傘下
如此純粹，不驚動心跳
溫婉拾起我鬢邊花瓣
摩娑舒展，藏入同心髮髻

杏物，也是信物。
在你的小城，春天徐徐走來
忍不住的花瓣紛紛在傘面彈跳
她們也像我們這般歡快嗎？

期待手指輕輕揉捻
讓雪白的胴體再回到枝頭
再回到九年前的春天
我們在最盎然的杏樹下
錯身而過，頷首微笑
沒有機會交換靈魂。這次
我要好好地收藏杏仁

收藏你，在我杏仁般的眼睛裡。

第九年

第九年，我還是想念你
但不再哭泣。把你完完整整
想過一遍，是每年今天的
例行功課。去年的今天
我悄悄地下了一場雨，依舊
沒有你伸手替我撐傘

你的碗還在，留給孩子用
你的玩具還在，只有一件
我收在身邊，其他的留給孩子用
我記得你多麼愛我，記得我們
曾經在平原安靜的散步
你走在前面，像領著我去往哪裡

但我們其實從來沒有去往哪裡。
更正確的說，你先去了我們想去的地方
那兒風景好嗎？有沒有你喜歡的事物
有沒有另一個人像我這樣愛你？
記得第一年，我哭得肝腸寸斷
一個月瘦了七公斤，總覺得你還會回來

坐在門口等我，每天下午五點半
後來的，每個相同的時間，對我而言
已經沒有意義，不過是其他時間的複製
我已經想過，再沒有一個身影，能夠複製你

下雨了嗎？不是說好不哭了嗎
可是第九年，在第九年
在我依舊深深思念你的第九年——

※ 寫於愛貓馮如願九週年忌日。

我想遺忘習慣的模樣

遺忘舊鍵盤打字的手感
開始輸入新的記憶
每天寫首詩作為日記
證明自己過得重複無聊
我想向日子輕輕說聲走吧
走吧。不去很遠的地方
也不要太快回來
那不適合養老
也不適合遺忘

我躺在我們的床上
一動不動的朝你揮揮手
我放下你了
你遺忘，或是你不遺忘
我都很好
我還是會微笑地向日子說聲去吧
向你的不在場證明說聲去吧
遺忘自己曾懇求你牽著我的手
懇求你帶我回家，或給我一個家

我想習慣一條河流的樣子

靜靜來到水邊

低頭看天空的倒影

幫每朵白雲取名字再撕碎

所有我記得的名字

刻在身體上的名字餵給河流

我靜靜地決定好往後不再怨恨任何人

畢竟我走了好長好長的日子

才來到這裡

※ 聽茄子蛋〈日常〉有感。

犯規

我沒有承諾你
鮮花和真心
沒有要你留住我靈魂的碎片
那些細微割傷眼眶
風就這樣停了
雨靜靜躺成熟悉的模樣
這城市是你，卻也不是你
我沒有承諾過你任何事
卻悄悄將自己的無名指交給你

磁鐵

猶如兩枚被上帝閒置
在不同地方的磁鐵
看似隨意，卻被精心安排

是的，為了注定
我們必然走向彼此
引力讓我們必須碰上彼此
摩挲身體，找到相應的磁極
以唇舌撥弄，以生之愉悅
以熟成的果香釀造醉人的酒

這世上，沒有一枚磁鐵會落空
在上帝巧妙的安排中

緊緊相吸

披肩

春天剛走，黃梅天在門口窺視騷動
被雨打濕的眼睛凝望涉水而來的風景
時間還很早，但緣份已盡，那些
該過去的都還沒過去，仍舊涉水偷渡
最美的片段立體了起來，時間的確還很早
沒有黃昏的曖昧入夜的驚恐中午的熾熱
靜靜看水滴在人造的傘花上歡蹦亂跳
不清楚憂患和絕望是怎麼一回事
但我錯在了然於心的瞭澈更錯在於明白
時間太早，沒有制止揮霍和疤痕延燒
沒有在該退場的時候退場，任大雨傾盆眼睜睜
看洪流切割彼此；永別；不再干涉彼此人生
離去前你替我穿上披肩，惟一也是最後
附耳悄聲說：

默書，眼角的注釋——

不喜歡忘，偏要忘
是否到了最後，也只能忘

重重的字被我輕輕寫下
先有你的名，才有我的字
注視的眼角遂有了注釋
不可言傳的美
是夜海中的人魚
聽到明月的呼喚讓銀白色的
呼吸，起了霧

在夜海中默書強記
你的詩鐫刻在波浪上
而波浪是一條又一條的注釋
令我無法明白自己
我不願行走於世
卻只能入世

若睡得沉一些
若將夢做得長做得厚
——是否就不會弄丟夜海的呢喃

若我忍痛，黥面花臂
在人海中好讓你能一眼
認出我，拽住我
——再不走失人魚的幸福

便不枉費我竭力
忍住自己，忍住嘶吼
咬碎一口銀白的月牙
換千頃碎浪

讓海來疼

點睛

種種諭示皆指涉你
你來，不來
都是懸疑
待了卻因緣才發現
脊椎早被焦雷
整成了恥辱柱
我密密垂眼
不忍見你來、不來
懸疑掛著，風乾

輸給了時間；卻不要
輸給命運
贏不回青春
只能好好藏掖記憶
賭不過明天，卻還能
安慰自己擁有現在

贖一把傘，換來雨天
換來等雨停的時間
眼睛押韻眼神
嘴唇擦過吻
剜出戀人之心
安裝於負心者胸膛
要今生情深
且壽

徒留一截赤尾銜環

將字句齏粉飲下
此後便能說你的語言嗎
是否便能忘懷曾鑄下的錯
骨灰揚起
五月的藍腹鷴
撲面以致被迫吸入
白雪草嶙峋得那麼瘦
且叛逆
轉調便跌落谷底
山荷葉不哭，忍住不哭
只換來隱身的戲法
而陽光殘忍
執意放晴
醜惡遂現形

人面蛛吃掉青竹絲
徒留一截赤尾
銜接妖媚的句點
呼應蛛腹，兼製藥引
殷紅曾是眼神
同朱槿撒野

今日生日

地圖蛾亦替我引渡

迷走十年爲一句誓言

而絕情；而深情；而無法忘情

曾深深深深徹底痛過

骨皮血肉絲毫不贖地痛

想天涯如是，多少草木走獸

拼成天書頁頁皆落款

你的名字

於背心添一塊錦體使花繡怒放

亂生蔓延穿了心也就值得

也就還了你債

也就讓你怨恨且罣礙一世

無伴奏……

開無法結果的花
而惶惶終日
秀色轉眼老去
徒留形容

。

都付過心；也負過心
絕過情，攢積許多
他人的傷痕，有時沾沾
自喜有時懺悔
但更多時候是不能自已
（我不能自已）
你眼中錯誤的自己
寫情詩給你卻得裝作
不是寫給你

潮騷
我便噤聲以待
弄潮兒歸來
沙堆成了丘又平整得
空無；誰都不曾存在過
浪一條長長緄邊白綾
抹去足跡──你走了偽裝成
你不曾來過

讀一些字（想你
　　　　亦曾熟習的
　　　　字體）
沾墨描過我的筆跡
臨帖卻是永別

　　　　　　：

是誰愛你，是
誰對你說愛；又是誰
讓你難以忘懷
整夜整夜起伏不寧
輾轉如陸沉深海
細細吐實，密密羅織爲情詩
直到魚肚白贖回夢境
你起身，梳洗，數落浮塵和髮絲
檢點眼角額際皺紋，鬢邊雪白
欲留光以簾幕，以眼睫開闔
遂發現一切不過是夢遊

一捻桃瓣的輕易

捅破窗紗一角讓穿戴桃瓣的飛蛾進來撲火
邀請你來探訪我多夢且泥濘的口吻
半枚唇印浮島似地掛在杯緣，別走得太急
其實你來或不來，我都無法辜負緣分

而江水淋漓。青弋流露不可言說的秘密
所有的疼痛和琢磨都是我的事情
不看如潭水深邃的蜜色眼瞳，縱使
將呼吸拋擲江水，這一身蜜色肌膚都有
誘人熟果香；光滑得像隨時都能流淌出蜜
成為新的浪濤；使多少飛蛾甘願望鄰鄰而去
捻一把桃瓣的輕易，堆疊為哀艷的桃花碑
傾盡我畢生熱愛的自由和冒險，刺激與變形
熱愛狩獵並甘願蟄伏，種子碰撞種子遂有了生滅
而擦身之於擦身等待故事開始；或沒有結尾

江水絕不告訴你，你只需知曉潭水之沁涼
以及我所粉飾的冷靜，將碎語喃喃結成
漣漪泛起音浪偷渡般地告白：
最兇惡的深淵在我胸口，最刺激的
是每日與名為命運的惡獸搏鬥，並在身上
增添一筆履歷，然後逐漸平靜不再喊痛
每日我都準備好隨時縱身一躍；跳出潭水
跳出紊亂的氣流，但都比不過
最大的誘惑和拉鋸：是否該走向你

使不存在為存在，而存在存在
我存，但你或許已經不在
不過輕輕伸展腰肢，世界便已翻覆
只留我輕輕地呼喚和思念並透過晨光
沾著露水寫下鬆散且最後的碎語。

青春的厚度

青春是件出征的馬甲，活著就是場戰爭；關於愛情，只贏在比時間殘忍。那個名叫饕餮的女人，吃掉青春的眼淚，享用幸福，貪得無饜。饕餮不會做夢，她進食，所有美好的慾念。

女詩人厚葬青春，用美麗的衣服交換易碎的情歌。披掛音樂的質感，日子就變得踏實。我們穿上自己；套進高跟鞋，把青春踩厚。趕赴一場豐富的晚宴，和每個微笑的陌生人交換心事。

唱出每個落拍的音符，那是青春的厚度。沒有辦法脫身，水是妖豔的呢喃，火是驕傲的指令，吃光所有的日記。記憶永遠都不屬於過去，總在重新開始。刺激的快感，像眼睛嵌入星星的破片，煙花開了，散落成十八歲的夏夜螢火。

寂寞的從來都不會是煙花，而是卸不去的皮囊和色相。這一件馬甲，縫縫補補，竟也累積成青春的厚度。

輯四：

帶著毛邊
的細雨

中年的惡獸

哭完這一夜
我就要緊緊鎖住體內的水分
沾著涼薄的微熹
讓回憶沉底

再也不去想，不去對治中年
猛虎般噬人的中年
我正視它，再也不帶任何
喜悲，和咒罵——我安安靜靜

過完這一夜，我就要
和多夢而躁亂的自己吻別
將一片片被碰碎的聲音（尤其是你的）
關進遺憾的保險箱

再也不回想共有的美好
只想把曾經和你走過的路
一走到底，而我不回頭
是怕看見你早已不在原地
目送我離開

你是我中年的洪水，和猛獸
可是我，既沒有辦法
避開你，也求助無門

如果還能抱抱你；我是說如果
能夠贖回那些流淚的，失眠的夜晚
我唯一能留給你的幸福是：
你永遠都不會知道一個女人的中年
究竟要和什麼樣的惡獸搏鬥。

冬季，台北的雨來看你

十二月，台北的雨
降臨燥熱憂鬱的小鎮
將雙眼的深井填滿甘泉
霎那間，荒漠成了迦南美地

攢緊雨，擁抱雨，親吻雨
和雨恣意嬉戲在沉靜的房間
當雨輕柔地降落在懷裡
一身煙塵終於被滌淨

兩具濕潤的身體，兩雙交扣的手
兩對深情的眼眸久久凝視
緊緊擁抱，怕轉眼間又失去
深深親吻，令愛意失控而噴湧

雨被你放肆地穿越，絕對的占有
雨被你揉碎，徹底融進身體
雨聲聲地呼喚著你，便是呼喚自己
雨滴轉品成淚滴，爲了成爲你的血滴

再也不藏匿了好嗎？是心口的硃砂痣
動脈唯一的溫度。是每個眞空的夜
彼此迢遙的想望終於成眞
是愛戀如此，不枉今生

雨離開小鎭，留下滋潤的綠意
當雨滴融化成熾熱的淚滴
思念便有了生命和重量
下一個冬季，你到台北看雨

在燈下……

在燈下，可以仔細端詳
老去的面孔有思念爬行的痕跡
白髮一夜竄生，等待春天
漸漸喚醒漆黑的枝枒
斜倚的姿態有天真的挑逗
將潔白的床單染上情慾的顏色

在燈下可以，拿一條烏木手串
套入她白淨的手腕，這就是贖金
必須跟他走，到天涯海角
可以仔細地剝下葡萄的外衣
彷彿在他面前褪盡羅衫
可以溫柔地將水碧剔透的果子
放進她的菱角嘴，像將她
高聳滑膩的胸脯貪婪地含進嘴裡
此刻，乳房就是酒杯

燈下可以調戲舒展的腰肢
讓天堂製造出更多純情的天使
可以逗弄，發出獨角獸的嘶鳴
搗住嘴，閉上眼，讓桃花
開滿豐腴而皙白的沃土
讓該死的春天瘋狂地盛開
絕望地尖叫撕裂桃花瓣

熄燈後可以在闃靜的房間裡
練習協奏曲，床笫偏移如島嶼
被褥新造的山巒，填補板塊的空隙
緊密的擁吻與嵌合，將他的捲髮
和她的波濤，構成噬人的漩渦
而彼此沉淪滅頂

熄燈後，還可以再度捻亮燈
細緻地臨摹紅霞如何延燒
從彼到此，從高到低，又從低走高
最後鋪滿十里桃花，連春天
都自嘆不如的她，在燈下
倏然翻身，又輾壓了一次春天。

你不會

倒數三秒後，你不會
忘記那些被燒毀的日記
裡面寫著我們的故事

你不會在月亮升到最高點的時候
忘記我的名字和沉默的嘴唇
只想著怎麼樣才能帶著我私奔
到月球。在窪陷處填滿土
種上我們的墓碑
這是一個美好的夜晚
不會有人世的煩惱和無奈
你不會喝的酒，我接過來喝乾
我捲起一根菸慢慢抽著
並且告訴你
抽菸是我最接近上帝的時刻

你不會在三秒後想起我
和我們那些充滿甜味的下午
對於我無法將白日夢捏成麵包
感到抱歉；你會不會原諒我
你不會在三月的時候
離開春天的燈塔。也不會
偷走陌生人的情書
偽造成一張來找我的單程船票

你不會回到生命中所有心碎的時刻

一邊哭一邊走路。只要專心低頭

檢閱路邊小草的笑容，突然間覺得熟悉

反覆檢索後才發現那是我給你的笑容

你不會將風收起來，不讓風箏找到她的愛情

允許唱詩班將眾生的祈禱

透過風傳給上帝

你不會阻止光和影的擁抱

將它們描繪下來。藏在日記的扉頁

用充滿憐愛的眼神，寫下他人的眼淚

你不會留下那只懷錶

把時間停在我們相識的那刻

將它典當，流傳到有情人的手裡

你不會關心這世間所有的愛情

會不會被時間和命運謀殺

倒數三秒後，你就會回到原來的——

我不計較

我不計較你的名字和人生
不計較你對我說過的話
聽起來虛情假意

我不計較你的鞋櫃裡
空無一物，沒有一雙鞋子
帶你走向我，不計較你的
衣櫥裡掛滿陌生人的味道
如同一把傘從不計較
是否能有效地承接天空的怨言

我不計較深夜的街道
不適合散步
更不計較路標上的錯字
如同我始終不明白
昏黃的街燈指引我走向何方

我不計較你的手機是否保存
我的笑容，也不再計較
我的想念和愛，總是比你更多
何況一張過期的機票
更不需要我多餘的計較

我不計較我的時間
總是晝長夜短，不計較
夢是怎麼被製造出來的
以及，我們曾經討論
如何實現，我不計較自己
晝伏夜出活得像吸血鬼

我不計較眾人的目光
熾熱或冰冷，都與我無關
不計較自己的形象
猥瑣或優雅；那些都和你相關
不計較我死之後葬在哪裡
墓碑上刻著什麼，還有誰會來看我
正如我不計較生前所發生的一切

但生命對我
錙銖必較

我想有一段柔軟的時光

我想有一段柔軟的時光
幫我整理整理凌亂的被子和冬日中的哀傷
它在一天清晨到來
在房裡坐下，像個久未謀面的老友
對我說著體己的話
像一件棉衣，一條拖地的棉裙
掩蓋我走過的足印
它像個老友告訴我，我並非一無所有
我有哀傷與病，有被傷害與傷害過的心
但我還有一枝筆，還有一個人在昨夜的凝望
有一個如此的冬日，我也曾在溫暖的清晨
整理過生命中所有的哀傷
有一段柔軟的時光

我想有一段裸色的時光

嗨，我最熟悉的陌生人
找出潔白嶄新的薄箋，摸索
滾到書桌下，如去遠方旅行的筆
我能寫一封信給你嗎？

寫瑣事與極其平凡的淡茶
或床單上淺淺的紅赭色地圖
寫被雨綁架如坐困愁城的午後
裸背上我看不見但你吻過的刺青

陌生的故人，莨苕般感性的呼喚
我必須給你一封信，起筆寫親愛的
見字如晤，或故意拉開距離
模仿他人恭敬的稱呼你某某先生

請讓我裸裎，拆信刀俐落劃破封口
當你的嘴角掛起輕蔑，緩緩攤開薄箋時
便是拆解我的骨頭，我想要的僅僅是
佔有你一段裸色的閱讀的時光

若是愛

若是愛，能將我們深深地摁近彼此
也能將彼此摁進生活裡，對付惡意的
訕笑與委屈，並不再感受到疲倦
若是愛將日子淘洗成一件雪紡白紗
我要將它高高掛起，用它對著太陽
看天下萬物。而如是我聞，心有所愛
眉眼低垂，一時間，萬物爲之震動
我用它篩透光陰，用共度的歲月填補
細緻的網眼，揉進溫暖。若是愛
最終仍讓我們寬容的離散，我感謝
世上曾經有人令我遺忘現實的狙擊
遺忘上帝和聖母曾遺棄過我
若愛是微光，我不做門前的孤燈
不做書桌上的檯燈，不做獨守角落的
立燈，我是灶台上一束小小的火苗
在薪柴上開花；在你心上開花
若是愛呀，願意做爲我的新名字
我將用最低的聲音，和你說話
和自己說話；反反覆覆

：愛你。

原名為小日子的驪歌

妳走之後
窗外的雨下了整天
雨滴瘋了似地逃離天空
我抽了一根櫻桃香味的捲菸
計算雨滴
時間，已與我無關

我掀起窗簾一角，窺探世界
有個女孩曾在雪白的手腕
紋上愛人的一顆淚珠
那裡被溫柔且猛烈地吻過愛過
現在又被一顆紅心蓋過
有對中年情侶在雨中的街道告別
男子下車，坐在馬路邊
擦眼淚，綠燈後女子
逕自向前，車聲是交響樂團
慎重地演奏驪歌
一群畢業生邊走邊笑
描繪未來的藍圖
要功成名就，要安穩度日
要大大方方地接受命運的祝福
而世界之於我，再不被接受

妳走以後，日子變小了
少少的睡眠，少少的飲食
日子只剩下一半，卻剛剛好
妳走以後
我依舊在社群網路上遊蕩
參與眾人的狂歡和生活
這世界仍然喧鬧不休
一個遊魂，任意穿越
肉體已無關緊要

妳走之後
遺留下的珍珠手鍊斷開
珠子隨著雨水彈進下水道
　一盞街燈靜靜站在路口看著
我和自己吻別，珍重再見

展讀一夜春秋

案前一盞琉璃火，擬態月光
是誰將春秋橫著讀
竟讀了徹夜燈花的開闔

燈倒轉著擎，夢倒轉著做
就連愛也是倒轉的蝙蝠
停在書頁夾角

唇倒轉疊合著唇，掌心
小小的硃砂痣讓守宮囓咬
放肆倒轉成輕柔的佔領

我側躺弓身，唯大開城門
獻上赤裎的降書，你來
你來；我要你以跋扈的姿態

以手指以胸膛以腰肢
翻閱點檢我傲人的春秋
鈐印落款，如今是你的春秋

我是你一人專寵的小憐
攤破江山的風騷，勾引你
今夜，讀我好嗎？

帶著毛邊的細雨

帶著毛邊的細雨
偷偷搔癢了眼睛
潰散的花影還沾著淚水
睫毛趕忙撐起一朵朵傘花

你送我一場帶著毛邊的細雨
我卻將它誤穿成春季的蕾絲裙
是一紙紙抄著你詩句的小箋
裝訂完，還沒裁邊的詩集

我也想送你一場帶著毛邊的細雨
有島嶼的暖麗，醇厚，和包容
是件永不脫線的針織衫，適合你
那裏陰晴不定，動輒得咎的天氣

一場帶著毛邊的細雨
來到我們之間，雨水般的珠簾
隔絕我們；直到我們遺忘彼此
直到眼睛被迫搔出了淚

晝寢

他來了。
是多年前俊逸的樣子
來到她的身旁躺下，與她
面對面躺著，本來想做些什麼
例如撫摸，例如疊合身體

但最後只是看著彼此
在他的房子，她喜歡的海邊的房子
他們聽著海浪穩定而安心的聲音
聽著暴雨落在海上嬉戲的聲音
久久不發一語

她的手指勾勒他的樣子，再看看自己
已不再是美好的少女的樣子
他用話語硬生生地將她的眼淚摁下：
不管幾年，妳都不會變樣，胸與臀
都不會下垂，當日看見便是一生之見

她看著他被陽光磨得粗礪的手和臉
她看著他被衣服遮蔽的身體是象牙白的月光
她看著他並決定不再如此絕望地愛著他
她看著他並決定將他還給他的孤獨，完美的孤獨
她看著他被遮蔽的被孤獨豢養的心安穩地跳動

後來，他給了她一把車鑰匙
她開車走了，至於海邊的小屋，最後剩下誰
她不知道也不在意。她只知道她會在晚年
坐在晚年的搖椅上，午後，再夢一次這個夢
而當日看見便是一生之見。

讓我忘記你

讓我忘記你的一切
海邊虛構的房子
一陣風降落在冬季
迷人的穿越

讓我忘記你要送給我的
雪景，你家鄉的涼薄
像種子泡了整夜
只求解脫
讓我忘記我的一切
夜裡那麼多疼痛的呼喚
燒成透明的舍利
鑲在眼角和骨縫

讓我忘記每夜你在夢裡踟躕
忘記你將指紋轉印在肌膚，忘記
你連綿落下的吻，如此慎重
忘記因為你而更動了手腕的刺青
忘記你愛我的所有表述，忘記
死後我們依然相愛，忘記
愛圍困彼此

而你已經逃脫

讓我看看你

讓我看看你的心
雖然我知道他是我的
只是長在你的身體
讓我久久地凝視你的眼睛
雖然明白他們忠實於我
不曾挪移半分
讓我看看你藏在頭髮裡
捲曲的黃昏
是否還安於潔白的枕頭
請將手熨貼我的胸口
將我的心握得窒息
並不再跳動
甘願在此刻死去
肉身釋放靈魂
請你握緊我的手
越來越用力
直至捏碎骨頭也不放鬆
反正我在你面前
早已沒有骨氣
請你深深地愛過我之後
毫無懸念地拋棄我
好平息我所有的妄念
帶往下一世
還是義無反顧
再來一次

請你摸摸我

撫摸是我愛的

是一台熨斗

撫平對生活的焦慮

一個女子的躁動

她的心是一件毛衣

隔著胸乳的起伏

撫摸是被愛的，愛的

撫摸並哄睡一頭小小的野獸

用茉莉的眼睛注視

用桃花的嘴唇讓愛變得可見

用沉香的眉毛說想念

用螺貝的臉頰表達親暱

哦，撫摸是我愛的

為了讓日子鮮明

疤痕淡去

一個男子說孤注一擲

於是跨年的煙火搖晃

戀人隨著婀娜的樹影搖晃

波濤拉著輪船搖晃

島嶼和島嶼的纏綿也搖晃

它們正輕輕地說：

請你摸摸我

縱使相逢應不識

不很久以前，我們都還存在
現如今，縱使相逢應不識
無情人早已抽離了愛和回憶
掉轉目光，無言以對
有情人曾經淚千行
每個輾轉的夜裡
淚水浮起床榻
待思念的潮水退去，跌落重重
收拾災情，收拾心情
獲得和失去都是機率問題

不很久以前，冷下來的時候
本應相互擁抱取暖，抵禦
世間惡寒。無情人揮一揮手
瀟灑地讓已發生的事情
彷彿不曾發生過。有情人拋擲自己
等待一顆石頭落入井底的回聲
已經這麼久，卻不曾到底。

縱使相逢，無情人滿面
塵風，抹去彼此熟悉的氣味
有情人依舊淚千行
只能無言以對。任床榻漂浮
變成另一座海島的樣子
放下靠岸的願望。

曾經貼合的靈魂，應不識。
雙生的火焰，燒去契約
有情人佇立風中
看太陽落下；看黃昏
徒勞無功的掙扎
最後送來一場花雨
讓月亮升起
看星辰標注回家的方向
看無情人
背影漸漸疊合地平線
有情人站著，依舊淚千行
想讓自己也站成無情人的背影

讀你

一次一次，在月光下
用眼睛撫摸你；沒有聲音
不許月光告訴我
其實你長的不是這個樣子
此時是多風的午後
但此時禁止飛翔
一打開翅膀就不能專心地讀你
在土地上寫下的詩
不能專心地以手指探測土壤的濕潤
比對你探測吻的濕潤
此刻的你還是朦朧的句子
讓我更想讀清你和現實
像母牛領著小牛犢走到水邊
閱讀波光，閱讀豐美的草原
溫柔地眨眨眼睛，睫毛過濾霧氣
靠在一起，不再發出任何聲音

讓我保有你的純粹

我這裡的天氣暖了
夜裡習慣抱著杏花睡覺
聞到空氣中的潮濕
細雨一陣又一陣的下
讓我的壞心情有了好藉口

家中的貓還是老樣子
睡得越來越多
動得越來越少
夢裡偶爾咕噥幾句
最近看著牠便想到了你
躡手躡腳滲透我的心

如果，我的手心攢緊一把雪
不驚動季節，就不會融化
我是不是就能保有你的純粹？

我這裡的街道開始喧嘩
粉紅風鈴木包圍綠川兩側
小巷底的星爍山茉莉開啟煙火
我每天都望著它們出神
讓禁閉的思念有自由的翅膀

吻，或者更多……

親愛的，我已多年
不擦上大紅色的口紅
倦於大紅色的搖擺
大紅色的喜慶和謊言
虛擲一張好看的唇
我擦上幾近無色的裸色
想將自己低調地藏在人群裡
若不被命運發現
就不會被掠奪攢在掌心的幸福
哦，縱然它是這麼微小
只有我視若珍寶
如今，我已習慣在黑暗中起舞
剪貼夜色隨身，剪貼月光隨身
我明白我的美麗與哀愁
我明白種種的冷與熱
我明白當我來到你面前時
我可以什麼都不說
只擦上大紅色的口紅：

落下的一切

雨從妳的指縫間落下
像妳蓄意失足從窗台落下
信任從猜疑中落下
刀尖和刺針在妳的肌膚落下
而傷疤和刺青在妳的記憶落下
安眠藥會在妳的絕望中落下
猶如夜晚在孩子的瞳孔裡落下
愛從虛妄的詞語中落下
想像的一切都在現實中落下
手中的菸總在草地上落下
回不去的一切都要在未來落下
傷痕累累的心最終在地獄落下
但死去的心卻在誰的胃袋中落下
過期的承諾會在西北風裡落下
狡猾會因為腳滑而落下
睡前祈禱所有的虛妄終將落下
就像妳希望他會在妳的生命中落下

餘下的日子

餘下的日子我想做一隻鳥
夏天輕盈，冬天豐腴
在海島和海島之間飛翔
偶爾跳躍為樂譜上的圓滑音
在黎明前輕輕啄醒晨光
餘下的日子多美好
而我們不再數算，與計較

收攏煙火和燈火
尋常的廚房有尋常的三餐
笑聲中充滿煙火的味道
有人點亮屋內屋外的燈
他也會變成另一隻鳥
只等著我回來

餘下的日子我想做一隻貓
用舌尖梳理毛皮
用他的手捻實掉落的毛
從一個同心圓開始繞成線球
織成晚年他膝上的厚毯
我靜靜地躺在他懷裡睡了
夢到這麼多，美好的，餘下的日子

藍

一、藍色的男孩

那是一開始，

藍色的春天醒來
我的男孩來不及醒來
便給染成了藍色

我的男孩並不憂鬱
也不色情；甚至
──沒有慾望
（而那些都是我的。）

我的男孩九歲，已識得殘酷
我的男孩十九歲，明白犧牲
我的男孩二十九歲，擅長狩獵
我的男孩三十九歲，懂得與我相遇
我的男孩四十九歲，遂能夠偕老
我的男孩說自己最能理解
愛的形式，於是我是：
母親、妹妹、妻子
最形而上的伴侶

我的男孩嗜海，賭酒
卻緊攜著我上山
如此才能共享同一個擁抱
同一條命
那是一開始我們都沒想過的

二、藍色的呼吸

只要呼吸
不要說愛。
一說愛我們就會變老
老得認不出自己
眼裡只有對方

我的藍色男孩在前方逡巡
命長在他的手心
而手心是複雜且斑駁的道路
他帶我走，帶我走
霧纏住眼睛只要呼吸
街衢巷弄是前世滾過的毛線球
忘記該怎麼整理
指尖輕點指尖
靈犀也不過如此
說出的字都織成霧
籠罩眼睛及街衢巷弄
以便他替我逡巡

千萬不要說愛。
他讓我交出四肢還有感官
只要呼吸，答應誰都不許說愛
說愛便俗氣；說愛便容易死去
──為彼此。

三、藍色的海平面下

海平面下，問我調來一顆心
搬來黃鸝和百靈
以絕妙好音
梳開髮髻與眉間
入夜後急忙疏散廣場的人群
只為我歌
知我驚懼生人之雜沓
懾於白晝的詭譎
及流年的咒詛
又移來星爍山茉莉
樓台齊高
令四時怒放
永春長青，不許離散
海平面下我問他調來一顆心
為他挪來曉風殘月
織成細篩，過濾感傷
海平面下永夜
賭一口氣緊摁著驚懼
我為他入世我為他
翻騰上岸

四、藍色的瓶中：

有時他關閉自己
讓時間暫停

我關閉自己
置身巨大的透明玻璃瓶裡
和小橘貓睡在一起
小橘貓跳；瓶口掉進星星
小橘貓試圖抓破薄脆的玻璃
明知徒勞卻不肯放棄

（像誰呢？）

我和我的藍色男孩；眼神貼合眼神
手心呼應手心，嘴唇對準嘴唇
只有這樣才能放心接近彼此
同時在玻璃上呵出水氣
寫下不可言說的字

沒有紙筆
寫在身體上

五、藍色的味道

今晚，茉莉和牡丹
爭相來訪

房間很空
足夠她們躺下來撒野
她們抱著懷疑
抱著愛

要我揀選今晚的香調
我以為我不是唯一
我不是被看上的幸運兒
我不是最顯眼的蝴蝶

我想明白藍色的味道
想明白我的男孩
嚐起來是什麼味道
香甜？苦澀？還是先苦
後回甘（據說愛情也是如此）

臨睡前
我抱住了他
聞到了溫暖的味道
想聽見他的聲音
是否也有藍色的溫暖

六、藍色的撫摸

藍色男孩睡熟了
他不知道盛大的告白正要開始：

讓我摸摸他
凌亂捲曲的頭髮
想起我為他翻身上岸
為他敞開玻璃瓶
摸摸他
滿是風霜的臉頰
他曾告訴我
原來人啊，是一夜之間老去的
撫摸他倔強的嘴唇
撬開貝殼，取出珍珠，串成項鍊
撫摸他的胸口
我想知道這裡住著誰呢
未來是我獨佔的吧？我開始
思考千萬種佈置房間的方式
撫摸他身體表面的地圖
紅腫發癢的皮膚
抽出調皮的蕁麻
藏進很多很多的想念
和一點點的渴望

讓我輕輕地撫摸
所有說過的話

寫下的詩句
被我小心翼翼地拾起
珍惜它，擦亮它，揣入懷中
像抱著珍寶般地撫摸它
讓他明白──

每當我這樣反覆細讀，珍惜這些字句
就能讓他感覺到存在與存有
就能讓他相信自己是如此的慎重
如此緻密地被珍重
被愛著

打開海南的模式

晚安海南，晚安我的海南
落地的那一刻，更衣室
門扉晃動，招我褪去寒意

流動的夜景，放大的光圈
光斑點綴椰樹熱情的長髮
不願意仔細梳整，綰上
淑女的蝴蝶結，它要我
打開自己，它提醒我
海南，有我等待完整的愛

去海南就要有去海南的樣子。
例如花襯衫，短裙，陽傘
寬沿帽，墨鏡，卻遮掩不了
熾熱的眼神和心思
海南也期待我的到來

晴空萬里，連天上的雲朵
都融化在海洋的懷裡
而我呢，這次
我又將融化在誰的懷裡
做一個島嶼和島嶼
融合的美夢

少女捧著椰子啜飲
像捧著愛人的臉頰輕吻
我捧著自己
落在玻璃櫥窗的倒影
撿拾細碎的光影
如撿拾貝殼，附耳傾聽
情話，是誰一再提醒
海南有我的愛

在海南，我徹底交出自己
——包括一顆破碎重又完整的心。

我的陵水，你的夜海

入夜了，微弱的月光
不足以充當引路的火炬
沿著海風的鹹味
摸索海岸線的距離

我們到海邊聽海
海沒有哭，其實海
從來都不會哭
我想起你說過的夜海
那麼黑你躺在甲板
看星空和月亮，推測自己
現在航行到哪裡？

偶爾讀一本書，從波濤的
搖晃中，你卻讀到
身而為人的孤獨
你說那時候，還沒有
認識太平洋彼端的我
不知道當時的我是否孤獨
不知道我們的孤獨
是不是同樣的孤獨

我在陵水看夜裡的海
我想你曾經漂流的航道
曾經推動你的波濤
此刻是否朝向我而來
我想你讀了人生這部大書
已到中段，是不是
曉得其中無盡的謎語
其實沒有正確解答
我想你此刻在海南的另一端
白色的書房中，展讀
我在燈下細細給你寫的信
我想你明白我想你

在海邊，那麼多的浪花撲跌
碎成一地銀白的月牙
沙灘是黑的，寬容的襯托
此刻我輕輕唱起一首歌
曾經在夜裡為你唱過的歌
哀悼浪花的前仆後繼
那麼多的不回頭
那麼多的心甘情願
那麼多的音符漂向夜海

在陵水，我想你
我想你的夜海而海風
會將我心底的話
吹進你未關上窗戶的書房

前一夜

前一夜，她伏在枕上
小心地哭泣，怕驚動他
多少次想著不再為他哭泣
但在別離的面前
他們都還只是孩子

前一夜，他將思念
懸掛在床頭
將愛意藏在枕下
如果來了一場暴雨
是不是她就不會離開
就不會走失，此刻多麼
希望天不要亮，陽光不要
曬乾她潮濕的臉
讓她的睫毛被他吹乾

離開的前一夜
什麼話都嫌多餘
例如保重，例如我愛你
例如下一次我們會在哪裡
例如有生之年，竟然會明白
一眼誤終身是怎麼一回事
例如當日之見便是
一生所見

天快亮了，晨光像水濕透
薄薄的窗簾，她要走了
她把話都說完了，她會快樂
她會滿足命運的安排
她會按捺衝動，安分地老去
終於明白眼睛，終究不是手
擒不住眼淚，終究不是手
攔不住自顧自往前的時間

天完全亮了，今天還是
晴朗的好天氣，他要走了
他把沒說的話都藏好了
他會假裝滿足命運的安排
他知道自己不再年輕
已沒有拋下一切的衝動
他不安分卻又無奈的老去
他明白眼睛裡裝的
不會只是淚水，可終究
他還是得走，得看著她走

天漸漸暗了，前一夜
她伏在枕上細細的哭聲
他其實全都聽見

告解的眞相

要寫多少的詩句，才能憑弔或贖罪？縱容自己繼續犯錯，或者推託那一身驚嚇的冷汗，止不住的顫抖。每回的告解都是爲了讓扭曲的靈魂繼續它龐大的殘破。只要詩人自毀容貌，就可以斷絕思想的塹落，進化成完整的哲學家。

像過於散文化的詩，是辯證不清的混亂。沒有神諭，就可以潛規則般地繼續情慾。要寫多少的詩句，我們才能從命運之神的手中奪回權柄？放下一些沙礫，再輕忽一點兒沙礫；眼淚是每夜不得不的陪葬品。

打開告解的記錄，肉身上的疤痕是動輒得咎的煞車痕。祂拉住誰，誰的衣角便要破裂，華服上的蝴蝶碎在二胡的琴聲裡，拼湊了我們以爲的眞相。而要寫多少的詩句，詩人才能安穩且無痛地，挖出眼球，獻祭。

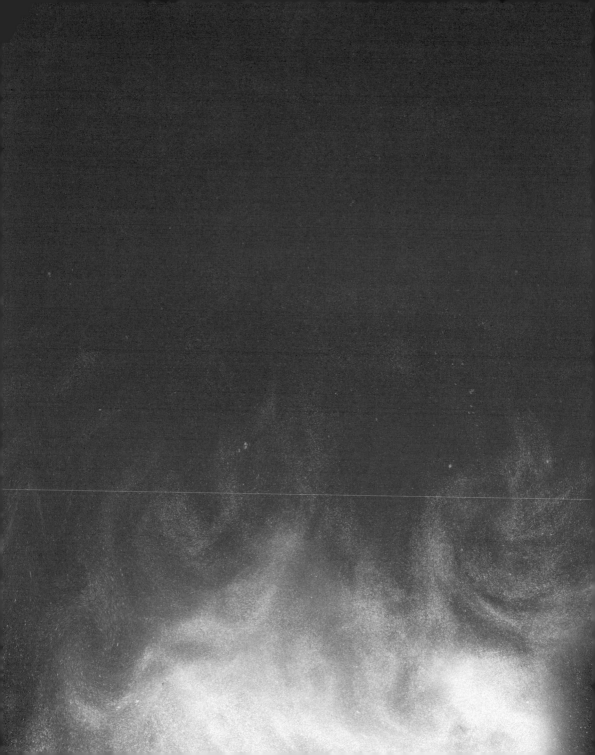

輯五：

罪惡之城

蓋美拉

一、蓋美拉的合成

蓋美拉的土壤是人血浸漬
紅色的土壤終年潮濕
貪婪的海綿吸吮墮胎的汙血
每一聲尖叫都是，美麗的
和絃，彈奏蓋美拉的謳歌

這裡沒有先知。慾望
是惟一的法律，在蓋美拉
每一把土壤都可以提煉鐵釘
放進嘴裡，鐵鏽的味道
融化，還原為血
復甦感官的痛覺，是的
在蓋美拉，血是下水道的成分

凡求死者皆前往蓋美拉
自掛城境的鐵蛇籠，這裡
永遠不斷電，高壓伏特保持挺直
進去的都不想出來，而外面眼睛保持
恐懼的禮讚，在蓋美拉

我們歡愉痛快地活著。
隨街交媾不認識的陌生人
這裡沒有嬰兒，只有
被刺破肚皮的孕婦，痛楚讓她們
跳舞。跳舞。跳舞。跳舞。
燒紅的鐵杵插入陰道，燙熟
並複習連續被玷汙的記憶

皮肉的焦香，是蓋美拉獨特的味道。
順便標註：尊嚴並不存在。

二、蓋美拉的居民

蓋美拉的居民身上都有扭曲的花紋
每條街上，都有人架住另一個人
掏出沒有消毒的針
隨意刺青，人權不在蓋美拉
身體是共有的財產

每條街上都有老去的娼妓被輪暴
年輕的女子哀嚎，哭泣
在蓋美拉，眼淚不代表什麼
老去的男人不得保全身體
斷掉的殘肢還在地上爬行，這裡
年輕的男人是施虐者，恣意
留下印記。留下精液
在陌生人的子宮或肛門
白色的黏液寫成霸道的記事
血混合為淺淺的嫣紅

在蓋美拉，沒有理智也沒有
愛。死去比活著容易
每一個時辰都有人解下
掛在鐵蛇籠上的屍體
每一個時辰都有罪犯被送進蓋美拉
這裡不是羅馬競技場，這裡
不是煉獄。也不是安養院

既然罪惡是基因裡的排列組合
就讓它進行到底，這裡的居民不需要
工作，廣場上定時發放麵包
吃不飽就去搶。正如
想活著，就必須傷害別人
在蓋美拉，每一個居民身上都有
扭曲的刺青，這是鬥爭的認證
是殖民的變體，這是必要之惡在
蓋美拉，權力就是肉搏

想在蓋美拉活著，倒不如去死。

三、蓋美拉的淨地

蓋美拉，罪惡的淵藪
罪犯的流刑地，我穿著
透明的披風，隱身在街道上
看所有匪夷所思卻又正常合理
的傷害在進行，蓋美拉
沒有時間，沒有固定的天氣
沒有新聞播報例行的暴虐

蓋美拉的教堂，壁畫是深淺
交疊的血跡，字跡凌亂

「神哪！請拯救我。」
「我想死。」
「對不起！」

我試著辨識人性的美善
只看見紅色不同的彩度在糾纏
旁邊有人在禱告，喃喃地
反省自己的罪惡和卑劣

「神哪！我今天又殺了一個人。」
「求求祢保佑我不被欺負。」
「保護我越過電網的考驗就可以活下去。」

蓋美拉的教堂，神在雲端看著
他一手創造出來的孩子
吞食彼此，蛻變為更強大的
合成獸。

哦哦哦哦哦哦哦哦哦神哪！
我們在天上的主宰，神哪！
聽我的呼求聽我的禱告聽我
神哪！神哪！神哪！神哪！
祢不在這裡，卻在鐵蛇籠外
倍受恩寵的每一個家庭裡。

蓋美拉有神。神只在雲端看著。

四、蓋美拉的自白

罪惡的同義詞，我是蓋美拉
所有罪犯最後的歸宿
弒父弒母的逆倫，連續殺人犯的
事蹟，我胸口的碑文
條列記載不被承認的子民
他們光榮的事蹟

在蓋美拉，情感不被提起
只適合在廣場上踐踏
血染的夕陽如此妖艷，血染的
旗幟在飛揚，而所有的
祈禱都以尖叫做結尾，管理者在
豪華躺椅呻吟，疲軟的陽具
剛被破碎的女人舔舐
噴發的不是精液，是滾燙的鈔票

進來我的身體，就無法離開
就算屍體，也要絞碎
作為土壤的肥料
軍警的長靴踢出響亮的回音
是水漂跳在腐臭的溝渠
鮮紅的水，流進罪惡的孔竅

蓋美拉的居民互相殘殺，這是
表達親愛的方式，既然無法
虛偽地愛，就讓我們真實地恨
用痛覺提醒自己活著的意義
就像無能的哲學家用思想犯罪
悖德的詩人褻瀆愛情的聖潔

而你，蓋美拉的居民
道德從不存在
身體是挑戰極限的器皿
承載更多吧，像一場無止盡的暴雨
洗刷不了冤屈和疼痛的暴雨
被閃電隨機挑揀，破開神的眼皮

五、蓋美拉的憤怒

所有的傷口都哭訴無門
每滴眼淚洗不淨
靈魂的血漬，浸蝕
良知與眞理的橋墩。素顏是
充滿皺紋的版畫，拼貼蓋美拉的
浮世繪。主題一再變化
光影是死亡的鍍金

醉生夢死，不斷重複的死
蓋美拉從不清醒
迷幻是冷卻的憤怒
暴行如夢魘抽長

我靠近匍匐爬行的殘體
眼眶是空洞的黑暗，神的
背影在盡頭徘徊
啊蓋美拉，被遺棄的憤怒
鯨吞居民僅存的希望

祂說：如果可以是天堂
　　　誰還要是蓋美拉
　　　罪惡病入膏肓
　　　路走到盡頭
　　　就只能另闢蹊徑
　　　完成被詛咒的長詩
　　　理想只能是模型
　　　讓我打碎它，捏成
　　　神被扭曲的脖子

而存在者早已不在。
無出於有，始終回歸烏有

我目睹蓋美拉的偉大與殘酷
尋訪自己在末日的墓塚
在蓋美拉，我情願讓自己
全然地惡反撲我被壓迫多年的善
我情願從受虐者成為
狂暴的施虐者，撕開被美麗
封印的臉，死人的血
會成為我每日迎接晨曦的彩妝

還有些什麼？
是值得我歌頌的永恆

六、蓋美拉的絕望

必須吞炭，才能熨平
緊縮的聲帶
雖然不需要語言，從來
就只有歧異和紛爭
不發瘋，就等著被殺
身上的刺青層層疊疊，記錄
每代不同的擁有者

體內只有敗壞的蛆蟲得以
活下來，在蓋美拉
一切都是徒勞，一切都是
射精完畢的廢棄慾望
沒有腿的女人裸露下體
陰道才是她惟一的臉
男人抽插，精液是女人的口水
張張合合說著不清楚的方言

誰的詠嘆調在那年的生日被遺忘
刻成手臂上模糊的花紋，而又是誰的
過去活得像天使，天真的臉孔佈滿
長長的疤，那是絕望的刀刺入
再割裂，試圖指認
被命運之輪輾過的軌跡

蓋美拉的絕望並不空泛
疏散的不過只是輕忽的背影
沒有人對得起任何人
也沒有人不曾傷害過別人
每個人都是地獄的鏡像與投射
而絕望是最強力的春藥
在勃起的陽具下，我們吞嚥
服從恐懼和未知的下一秒

七、蓋美拉的陰謀

吞下那些羞辱
讓自卑轉品，成為
絕版的修辭
蓋美拉是一座巨大的
核子爐，神不放進無辜的鈾
而是祂手造的子民

爆裂的內臟炸開絢麗的花
是的，在蓋美拉，每天
都有花開花落
花期是永恆的試煉
紅是惟一的顏色，味道
是血鏽的香甜

嗜血的舌尖永不飽足
急迫地吸吮腐臭的性器
從子宮拖曳的胎盤是每天的晚餐
黃綠色的膿，是特產的醬料
吃了，保證美麗

陰謀是一條動脈，割斷
才有血噴出來
暗自計算，喝下多少血液
就能換回多少青春
哪，蓋美拉，祢是不老的
越活越年輕的合成獸

人們經過陰道，走向
生存的搏鬥和苦難，再經過
另一個陰道，逃離蓋美拉
性交是天賦的救贖
女體是蓋美拉次要的淨地
縱使殘破，能噴發欲望就好
凡被強暴的女子都得墮下嬰兒
餵養蓋美拉，日漸壯大的
陰謀

八、蓋美拉的傷口

沒有良知，沒有虧欠
更沒有愧疚，傷害
別人就為了證明自己的強大

強大，強大，還要更強大
像從來沒有時間痊癒的傷口
不斷疊上新的傷口
這是破滅，終極的破滅
所有必要的惡都得透過儀式
完成昇華
所有必要的傷害都透過
夜裡的哭泣和自殘
完成救贖

走近蓋美拉看見
主宰的層次，就是
重複這空洞且暴力血腥的長詩
就像蓋美拉重複自己的傷口
我重複自己的人生
他重複充滿罪惡感的傷害
那麼你呢，縱然逃離蓋美拉
噩夢卻每天上演

醒來面對不固定的枕邊人
每天都在初次認識，然後說好負責
到了後來，自私贏過良知
就只會輕鬆地互道早安，穿上衣服
和另一些與你相互傷害的人們
戳刺剛長成的傷口：勾心鬥角的同事
權謀的上司以及智能有障礙的下屬

你愛著他們，像蓋美拉
愛著祂的子民們
其實我們所謂的愛就是傷害
沒有人會和發洩慾望的工具
道歉，沒有人需要負責而我們
也從來都只是選擇性負責

在蓋美拉，我才明白體無
完膚，是件多麼充滿
人性化的試驗

九、蓋美拉的天空

蓋美拉的女人從不化妝
眼淚是斷不了的線
縫合並醃製她們支離破碎的臉

她說：我恨透了
　　　以淚洗面的日子
　　　恨透了
　　　那些凌遲的欺瞞
　　　所以，我
　　　殺
　　　為什麼美麗的貞潔
　　　被玷汙
　　　為什麼把我關進地獄
　　　為什麼有太多的為什麼
　　　而為什麼這竟是我的命運
　　　當我離開家，離開原生的苦難
　　　曾經眼淚是救贖的簽名
　　　努力活下去
　　　活在扭斷硬頸的羞恥裡
　　　蓋美拉，我不後悔
　　　這是命運，這是眼睜睜看著的
　　　預言……

所有的怨念凝結成蓋美拉的天空
雲不再柔軟潔白
那些殺夫弒父的女子
都是我們的妻子和女兒
是我們的小公主
誰讓她們去死，讓她們
成為蓋美拉的肥料
被強權凌辱，被比我們
更惡毒的男人強暴

蓋美拉的女人不再弱勢
女帝的誕生，昭告
更黑暗的力量
壟罩被支配的天空

沒有光，女帝
從沒有光的塔頂走下來。

十、蓋美拉的女帝

女帝撕開殘破的衣襬打結
她曾經，用來上吊過
後來，在蓋美拉，她釋放
全然的惡，爲了活下去
挺起強悍的腰肢，焊接得更緊
身上是從未好過的傷口
鐵漿的燒烙雖痛
卻能將她的殘破，密合
爲嶄新的刺青

只有賤人才能了解人生在世
可以多麼低賤卑微
她曾經，被踐踏爲汙泥
沾附權貴的長靴
只求溫飽
也曾經販賣尊嚴，爲求
一口平靜穩定的呼吸

她被命運扼住喉嚨
叫不出求救訊號
而今她抓破命運的臉孔
喊出蓋美拉最深刻的疼痛
鉤沉，她鉤起自己髒汙的靈魂
逞凶鬥狠，誰殺過她
就得死去七次

誰踐踏過她，就得
蛻下皮膚做為她的地毯

她也有過父親，有過丈夫
在殺了他們之前
來到蓋美拉，經歷那些
強暴和欺負，仍活了下來
死不成，就活吧
讓骨子裡的暴烈和混亂
變成環繞的立體聲

女帝，妳是蓋美拉的
新秩序，是接管的黑色
身影，睡成每個人夜裡的
惡夢和啼哭

天亮了，女帝
從凱旋的馳道上走來。

十一、蓋美拉的詩人

我走向黑暗，走向光明
走向遺失來處的歸路
所有的殊途源自同一道傷口
我不曾滿足，也不曾飢餓
沒有固定的廚房烹調充滿幸福的晚餐

在蓋美拉，我懺悔過去
那些愛過恨過踐踏過的女體
橫陳在眼前，殘破
是超現實的畫布潑灑
腥紅，熱燙的情慾
我用囈語登錄自己的身世
記起自己的戶籍地址

哪，我曾籠罩抽象的
陽光，將具象點石成金
穿插在睡過即丟的陰道裡
愛情只是寫詩的工具
所有我愛過的女人都是幽魂
夢著夢，醒著怨恨

咬破嘴角，寫一首貌似
深情但浮濫的詩篇
我寫在身體上，寫在她們
以眼淚築成的河堤邊緣
寫在蓋美拉充滿愛液的天空

「寫詩的時候，我是冷靜的。」

我走向光明，走向黑暗
走向被我一再殺死而又重生的女帝
我不僅性無能，愛也無能

所有的高潮都是徒勞
而所有插入的陽具都懼怕
閹割和疲軟，尊嚴是
不停斷裂的迴圈
所有的母親都生出
弒父的孽子，通姦的蕩婦
送貞節的終

就像詩人擅長折磨文字
獵捕的意象是惡露
產後的血崩，女帝生出自己
鱗片般的碎雲鍍金
讓荊棘編成的冠冕刺傷眼眶
命中注定，只擁有半晚的芬芳

蓋美拉，所有斷裂的敘事都是神話
都是徒勞的高潮，都是虛偽的
床邊故事，哪，這一個段落
停在不知名的屋簷下避雨
捕捉成早餐桌上的齟齬
故事自動書寫，情節卻從不斷裂
每一個莫名的淚滴
署名女帝溫柔的虐殺

當眼皮從眼眶剝離
滾動的節奏是亂序的符碼
呻吟只是點綴，順便告訴你
切斷的不只是自己的尾巴
以及疲軟的陽具，鬆弛的陰道
早夭的胎兒，和不存在的夢想

蓋美拉的斷裂，標註日夜的分野
標註，永劫回歸的試煉
這條莫里梅斯環不長，卻足以
絞殺生命的恐懼和喜悅

十三、蓋美拉的躁鬱

蓋美拉的情緒放蕩
躁鬱是生命的養分，爲了
更多、更巨大的破壞
每天我們都在睡夢中重生
醒來後死亡

是誰打破了快樂的定律
痛楚就在四肢百骸激動地
成長，烏雲不蔽日
只掩飾良心

躁鬱的蓋美拉，祢的
風景是人骨拼湊，祢的
慈悲是虛僞的做作
我們活在蓋美拉，舉行傷害
與親愛的儀式

降靈。分生。揉雜
燒出油脂，膏過祭品的額
那是救贖狂熱的救贖
隨意交媾，性器吐納性器
強暴的姿態誘人
崩潰是例行的早課

像暴雨帶來刺痛的眼眶
繡上標點，肉身寫成神聖的謳歌
哭泣比笑容珍貴，那是
破損的靈魂在進化為堅決的忍耐
再多一點羞辱吧，反正
雨季永遠不會停
所有躁動而憂鬱的子民
帶來奉獻的頭顱

如何逃出病痛和中魔的狀態
無藥可救的旁觀者，冷眼
在虐待與被虐中
互相服侍

十四、女帝的謳歌

我的父親怨恨我
母親畏懼我，他們嘶吼
並自卑地問天
自己到底生下什麼怪物

夜裡就該理所當然地謳歌黑暗
使光明沉睡，鏡子圍成屏風
我是自己最大的幻影
閃躲是主旋律，這黑暗
越來越深直至吞食亮燦的希望

而父親殺我。母親
又試圖生下我
再痛一次，再剖開肚皮
再繼續畏懼他們的
造物，魔幻的合成獸

我繼續黑暗，繼續用音符
割碎人生，讓文字兀白堆砌
幻影而不讓人覺察
黑絲絨上的細膩與溫度

十五、蓋美拉的賦格

它吞下所有父親滾燙的精液
暢飲所有母親崩潰的經血
它吞下汙泥，羞辱，怨恨
以及報復的惡之華
它自行交媾，抽插全新的自我
精血屎尿灌頂，催生蓋美拉

所有的父親都陽痿，而母親停經
男根曾經銳利刺破懷孕的肚腹
墮下畸形的鬼胎，而女陰
血盆大口，剔出牙縫的筋肉
今後，它娩出自己，娩出淫亂的處女
一再逢魔，於惡臭撲鼻的黑夜

吞進火焰，灼燒交合的下體
如它是魔誰才是噬魔者
如它是百鬼誰才是鬼中之王
如它販售死亡誰才是死神
繼續夜行，繼續血汗的賦格

跋：骨子裡哀艷／林思彤

將《艷骨》定稿交出的前一晚，我還是抗拒為這本詩集寫跋。

我總覺得，自己的話已經說得夠多了。尤其近幾年越來越厭倦「說話」這件事，深深感到一種心靈上的掏空；同時也有一種感覺，說話並不能改變什麼，我也不再像年輕時，那麼希望被人了解或認同。沉默和疏離，反而令我自在。誰又能真正了解誰？誰又能真正了解自己？不論是馮瑀珊，還是林思彤，了解自己，進而與自己和解，都是我必須持續的功課和修行。

再過幾個小時，這一天就要結束了，必須送出定稿……想了想，還是好像得說些什麼，為這本詩集負點責任。那麼，感謝吧！一直以來，身邊總有不離不棄的親友，感謝你們讓我感受到愛，知道自己是被愛的，你們是我留戀於世和感謝人世美好的原因。雖然，我的詩作少有喜悅，她們如此沉重，就連情詩也總戴著哀艷的面紗。但，在每個崩潰流淚的時刻，獨自舔舐傷口的深夜，想起你們，我總能獲得力量。為此，我衷心感謝我的生命；所有進入我生命的人，離開我生命的人，我都深摯祝福和感謝。

凡曾經走過的路，但願我們不再回頭；凡曾經流過的淚，但願我們皆不枉費。

《艷骨》和《茱萸結》的創作風格不同，唯一不變的是，期望自己能在創作的路上，持續往前，保持專注和熱情。這本詩集，還是邀請喜菡老師寫序，感謝她，我文學路上的母親，一直以來的愛與寬容。她循循善誘，給予我許多機會成長，將近二十年的陪伴、開解和提攜。若沒有喜菡文學網，就沒有今日的詩人林思彤。所以我的碩士論文研究喜菡文學網，不僅僅是完成碩士學位，更

是感念喜菡老師的恩情。提到文學路上的母親，也得提到生養我的母親，感謝林昱秀女士，犧牲奉獻她的一生，培養出文學碩士和詩人；我從馮瑀珊，隨了她的姓，更名林思彤，「思彤管之恩」，或許是我唯一可以回報並感念她生養之恩的事情吧！對於我的這兩位母親來說，我是個叛逆任性的女兒，沒有讓她們省心過……但凡我有一點點可以稱讚的部份，榮耀都歸與她們。

感謝以亮寫序，《艷骨》中的詩作，不少由他修改定稿。他是目前為止，最了解我詩作和內涵的人，總能進行精準的「語刪」，點石成金；也只有他，能夠修改我的詩作了。我總開玩笑的說，他是我的龐德，謝謝他的抬舉，以艾略特期許我，雖然我深知自己窮盡畢生也無法企及艾略特的高度。平日聊哲學、文學和生活中的所知所感；閱讀他翻譯的詩集，及他的詩作、隨筆和評論，總令我獲益良多。引用以亮在他個人詩集《逆行》跋所言：「我所獲得的語言，已是一份命運的賞賜。」深深感謝詩神讓我得遇知音，以及這份能夠書寫的賞賜。

感謝懷晨，特別為輯五〈罪惡之城蓋美拉〉寫出如此精彩的序，真是難為他了。不過，我想，也只有他，才能如此精闢地寫出關於輯五的論述。蓋美拉女帝，躬身致意，她終於獲得了被了解的撫慰和安息。懷晨的序，也是詩神賜予我的一份知遇之恩。畢竟輯五是我自己極為看重的作品，雖然我知道仍有許多地方可以更好。但這是我個人在寫作上的一次突破，或許之後再也寫不出這類詩作，也不打算再寫，實在是對於我靈魂的拷打和酷刑；之所以收入《艷骨》，就是一種紀念。感謝延婷，她知道出版詩集不會賺錢，反而還會賠錢，卻義氣相挺出版《艷骨》。同時，她也是我的高中同學，這二十多年，我受她不少照顧，點滴在心。老同學，妳懂我要說的，接下來的二十多年，我們繼續慢慢說。

最後，感謝閱讀這本詩集的你，或許馮瑀珊曾經讓你失望，但願這次林思彤和《艷骨》沒有讓你失望。

【醇文庫】 文學與新創藝 001

林思彤 著

圖書策劃　匠心文創

發 行 人　陳錦德

出版總監　柯延婷

編輯協力　蔡青容

封面協力　L.MIU Design

人物攝影　官邸·皇室婚紗攝影館

封面題字　王嘉堃

內頁編排　阿姆羅·賴

網　　址　www.facebook.com/novelandamazing

總 代 理　旭昇圖書有限公司

地　　址　新北市中和區中山路二段 352 號 2 樓

電　　話　02-2245-1480 （代表號）

印　　製　鴻霖印刷傳媒股份有限公司

定　　價　新台幣 360 元

初版一刷　2020 年 7 月

ISBN 978-986-98565-7-7(平裝)

國家圖書館出版品預行編目(CIP)資料

艷骨 / 林思彤著. -- 初版. -- 臺北市：匠心文
化創意行銷, 2020.07
　　面；　公分
ISBN 978-986-98565-7-7(平裝)

868.51　　　　　　　　　　　109008829

Novel & Amazing · 盡在【醇文庫】